사랑하는 이에게,

아름다운 이에게,

내 마음을 밝음으로 채워 주는 이에게,

____

드립니다.

Romance Sketch · 1

사랑에 대한 개인적인 의견

피에르 쌍소 外

엮은이 한나 / 그림 硯디자인

동문선

Romance Sketch

봄,

여름,

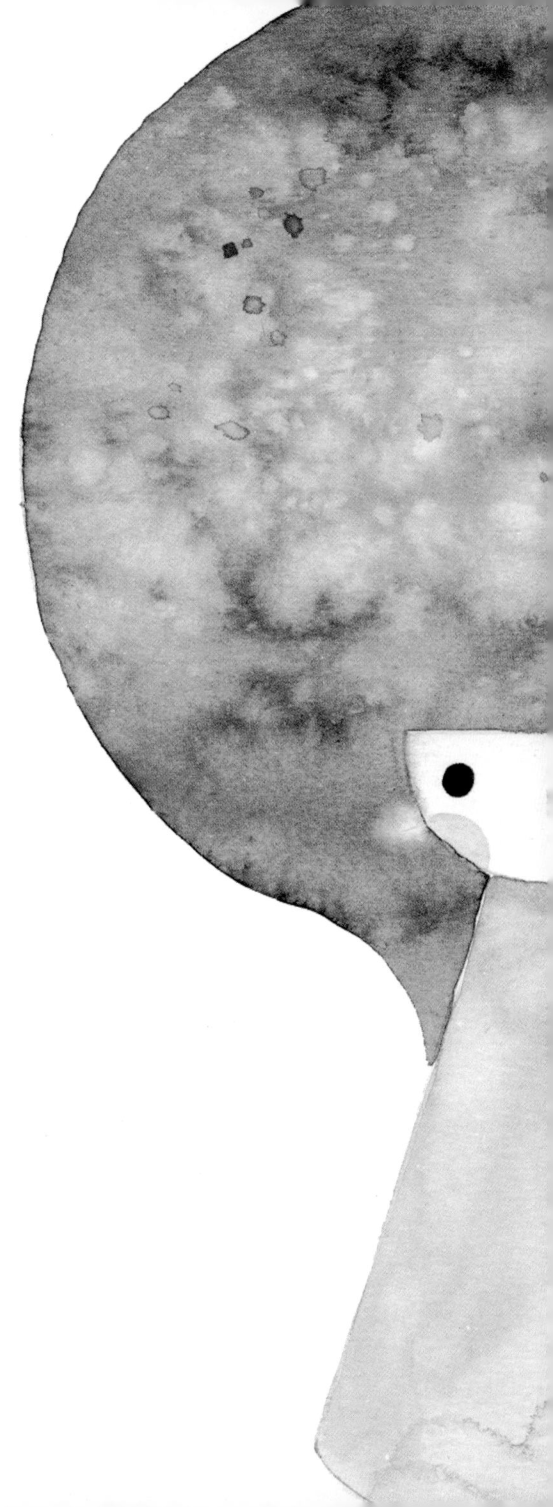

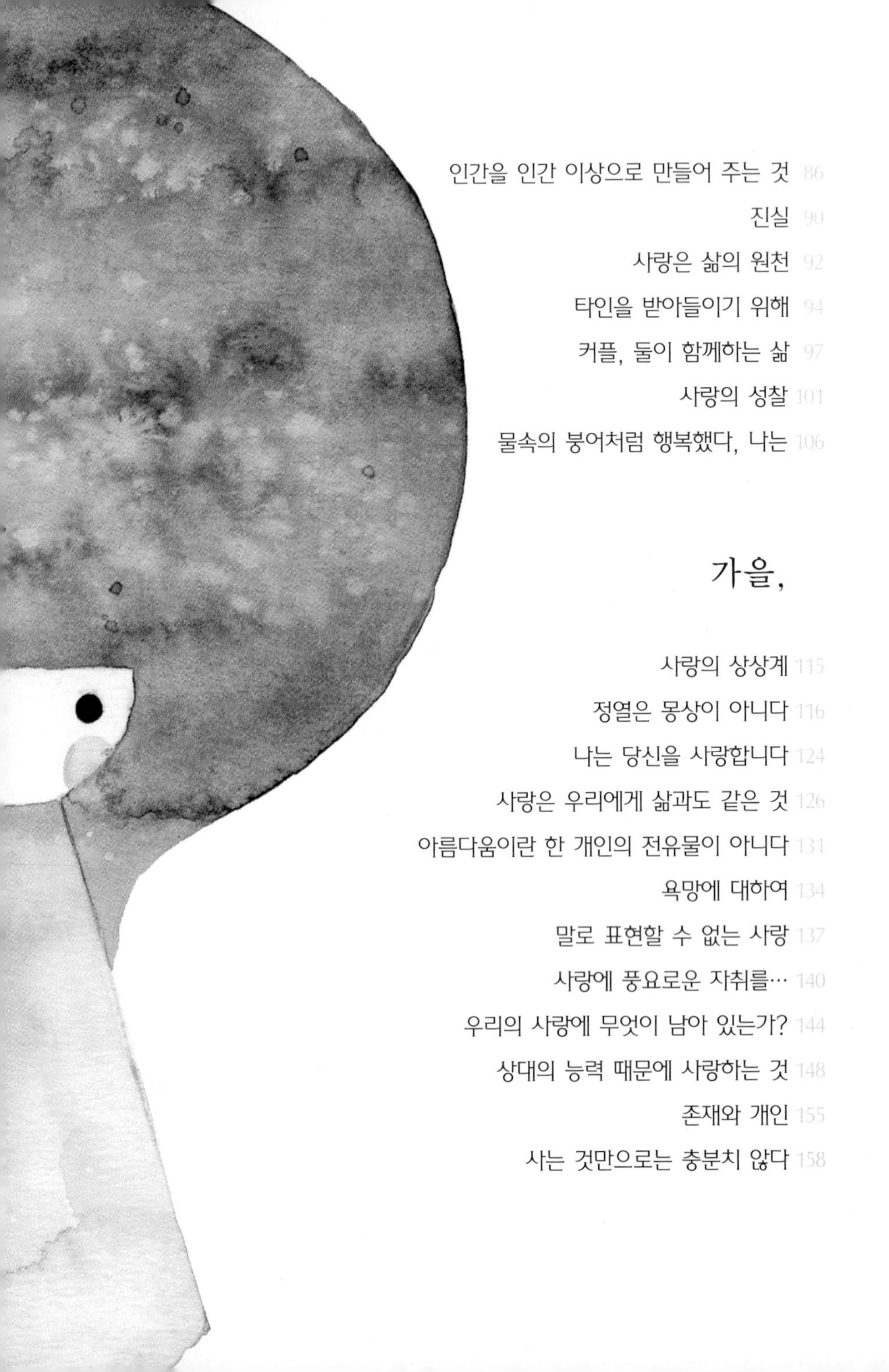

가을,

겨울,

그리고…

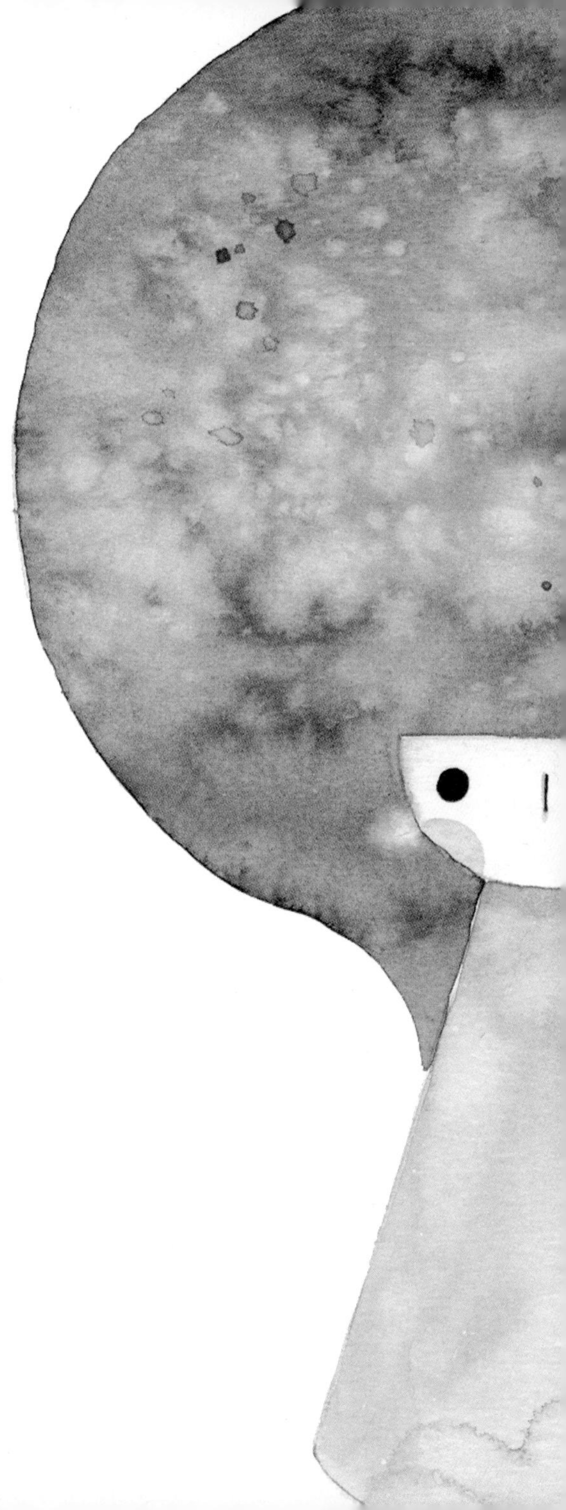

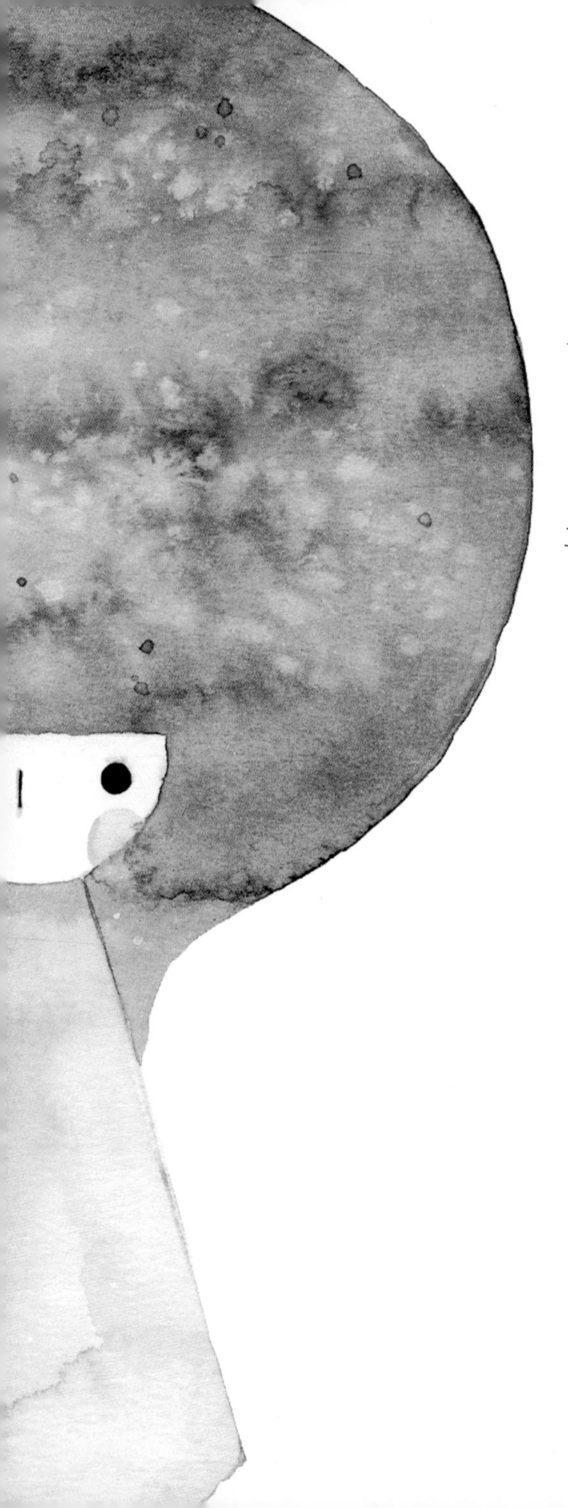

사랑에 대한

개인적인 의견

Romance Sketch

봄,

허공을, 무서운 허공을, 오오, 나는
나의 가슴속에서 그 허공을 느끼고 있습니다.
나는 늘 생각합니다.
단 한번만 그대를 이 가슴에 끌어안을 수 있다면,
이 허공은 메워질 것이라고.

내가 어떻게 하여 이다지도 그대만을 간절히
사랑하게 되었는지 알 수가 없습니다.
그대 외에는 아무것도 마음이 가질 않습니다.
그런데 나 아닌 또 다른 사람이
그대를 사랑할 수 있을까요?
그런 사랑이 허용될 거라고 생각하나요?

(괴테)

롤랑 바르트

사랑하는 사람의 숙명, 기다림

"나는 사랑하고 있는 걸까? …그래, 기다리고 있으니까."

그 사람, 그 사람은 결코 기다리지 않습니다. 때로 나는 기다리지 않는 그 사람의 역할을 해보고 싶어합니다. 다른 일 때문에 바빠 늦게 도착하려고 애써 봅니다.

그러나 이 내기에서 나는 항상 패자입니다. 무슨 일을 하든간에 나는 항상 시간이 있으며, 정확하며, 일찍 도착하기조차 합니다. 사랑하는 사람의 숙명적인 정체는 기다리는 사람, 바로 그것입니다.

내가 기다리는 사람은 현실적인 것이 아닙니다. 젖먹이 아이에게서의 어머니의 젖가슴처럼 "나는 내 사랑하는 능력과 그를 필요로 하는 것에 따라 그를 끊임없이 만들어 내고, 또 만들어 냅니다."

그 사람은 내가 기다리는 거기에서, 내가 이미 그를 만들어 낸 바로 거기에서 옵니다. 그리하여 만약 그가 오지 않으면, 나는 그를 환각합니다. 기다림은 정신 착란입니다.

전화가 또 울립니다. 나는 전화가 울릴 때마다, 전화를 거는 사람이 그일 것이라고 생각하면서 서둘러 전화기를 듭니다. 조금만 노력을 해도 나는 그 사람의 목소리를 '알아보는' 듯하고, 그래서 대화를 시작하나 이내 나를 정신 착란에서 깨어나게 한 그 훼방꾼에게 화를 내며 전화를 끊습니다.

이렇듯 찻집을 들어서는 사람들도 그 윤곽이 조금이라도 비슷하기만 하면, 처음 순간엔 모두 그 사람으로 보입니다.

그리하여 사랑의 관계가 진정된 오랜 후에도, 나는 내가 사랑했던 사람을 환각하는 습관을 버리지 못합니다. 때로 전화가 늦어지면 여전히 괴로워하고, 또 누가 전화를 하든간에 그 훼방꾼에게서 내가 예전에 사랑했던 사람의 목소리를 듣는 듯합니다. 나는 절단된 다리에서 계속 아픔을 느끼는 불구자입니다.

피에르 쌍소

정열의 탄생과 사라짐

유혹보다도 한층 강한 정열은 그 신비로 나를 사로잡습니다. 그렇다면 정열은 어떻게 생겨나 어떻게 사라지는 걸까요? 나는 정열이 생겨났다가 사라지는 미묘한 움직임에 깊은 관심을 가지고 있었습니다.

그런데 누군가에게 홀딱 반한다는 것은 내게는 너무 급작스러운 까닭에 의심스러운 것이었습니다. 이러한 상태는 차츰차츰 다가와서 서서히 자리를 잡는, 생각지도 못한 작은 신호들이 예고하는 마음의 설렘과는 아무런 상관이 없는 것으로 보였던 것입니다.

일단 서로의 마음을 확인하고 나면, 우리는 이 조용한 다가옴을 너무 무시하는 경향이 있습니다. 매력이 이것으로부터 나오는데도 말입니다. 이 조용한 다가옴을 봄에 비유하는 것은, 그것이 무미건조하고 상투적인 젊은이의 야망으로서가 아니라 수줍은 속삭임으로 약간은 나른한 오후 무렵, 야외에서 식사를 나누는 저녁나절에 오기 때문입니다.

그런 다음에는 한바탕의 팡파르와 함께 차가운 겨울이 옵니다. 얼음같이 찬비가 내리고 눈보라가 친 다음에 우리는 벌써 이 사랑이 종점에 닿아 있음을 깨닫게 되는 것입니다.

나는 바로 그런 순서로 진행되는 정열을 꿈꾸었습니다. 우리는 사랑하였고 사랑을 받았으며, 우리의 관계가 더 이상 예전 같지 않다는 것을 누구보다 먼저 의식합니다.

내가 느끼기에 정열이란 갑작스런 죽음으로 쉽사리 사라질 수 있는 성질의 것이 아닙니다. 정열은 저 광활한 해안선을 따라지는 해처럼 황홀하게 사라집니다.

사랑하는 여자에게 버림받은 사나이가 절망에 몸부림치며 울부짖을 때, 치명적인 덫에 걸린 짐승처럼 끔찍한 고통을 호소할 때, 나는 그가 정열을 그처럼 도매금으로 넘겨 버리는 것에 화가 치밉니다.

그에 합당한 가치를 정열에 두었더라면 마지막 순간까지 그 정열에 걸맞게 행동하였어야 했습니다. 느리고 우수에 찬 정열의 행렬을 따라야 했으며, 그것을 위해 비장하고 슬픈 노래를 작곡하였어야 했습니다.

하나의 정열은 반짝이며 새롭게 태어날 때보다 꺼질 때 아름다워야 합니다. 그것은 발걸음을 재촉하지 않고 우리로부터 멀어지는 정열이어야 합니다. 휙 지나가는 부채바람처럼 단번에 모든 것을 부수어 버리는 것이어서는 안 됩니다. 태어날 때보다도 더 신비롭고 불가사의함을 간직한 채 능변도 절규도 멀리하며, 말없이 보일 듯 말 듯한 미소를 머금고 사라져야 하는 것입니다.

이제 덧없는 유혹의 유희를 그만두렵니다. 이렇게 얘기해도 좋을지 모르겠지만 내 첫사랑의 경험들로 돌아가렵니다. 그런데 성운들과 수목들과 하천들과 몇몇의 광활한 도시와 접목되어 바야흐로 탄생할 정열을 공유할 만할 시간을 내줄 사람들을 과연 발견할 수 있을 것인지…….

사랑과 삶

사랑은 우리네 삶의 한 모습입니다.

사랑과 삶은 똑같은 변화를 겪습니다. 젊은 시절은 즐거움과 희망으로 가득합니다. 사랑하는 자체를 행복해하듯이 젊음 자체를 즐깁니다.

이러한 행복은 우리에게 다른 행복을 추구하도록 자극합니다. 우리는 더 확실한 것을 원합니다. 현재의 상태가 지속되는 것에 만족하지 않습니다. 더 나은 방향으로 발전하기를 원하고, 행복이 영원히 지속되기를 바랍니다.

그래서 성직자에게 도움을 청하기도 합니다. 하지만 우리가

원하는 것을 다른 사람이 요구할 때는 참을 수 없기까지 합니다. 그로 인해 경쟁심이 생겨납니다. 힘든 고통이 따르지만, 행복이 무르익어 가면서 고통은 차츰 잊혀집니다. 모든 열정이 채워지면서 행복이 조만간 끝날지도 모른다는 사실을 잊고 지냅니다.

그러나 이런 행복이 오래 지속되는 경우는 무척이나 드뭅니다. 행복은 새로운 것의 아름다움을 오랫동안 간직하지 못합니다. 그래서 원하는 것을 손에 넣기 위해 우리는 끊임없이 갈구합니다.

우리는 주변에 널려 있는 것에 익숙해집니다. 그래서 과거와 다름없는 것이지만 그 가치가 달라집니다. 우리가 그것에 쏟는 관심도 시들해집니다. 우리는 이처럼 우리 자신도 인식하지 못하는 사이에 조금씩 변해 갑니다.

우리가 손에 넣은 것은 우리 자신의 일부가 됩니다. 그것을 잃을지도 모른다는 생각에 노심초사합니다. 하지만 그것을 소유하고 있다는 것에서 더 이상 즐거움을 느끼지 못합니다. 즐거움이 시들해집니다.

그리하여 우리는 새로운 것에서 즐거움을 찾으려 애씁니다. 이런 변덕은 시간의 조화입니다. 시간은 우리가 인식하지 못하는 사이에 우리의 삶과 사랑에 영향을 미칩니다. 시간은 매일 조금씩 우리에게서 젊음과 즐거움을 앗아 가고, 그 매력을 갉아먹

습니다.

하여 우리는 좀 더 신중하게 처신합니다. 열정을 다독거리며 억제합니다. 사랑은 더 이상 그 자체로 존재하지 않습니다. 색다른 것에 구원의 손길을 내밉니다. 사랑의 이런 상태는 세월의 힘을 그대로 보여줍니다.

이제 사랑을 어디에서 끝내야 할 것인가?

하지만 우리에게는 사랑을 의지로 끝낼 힘이 없습니다. 생명의 불꽃이 죽어가듯이 사랑도 죽어갑니다. 이제 우리는 즐거움을 얻기 위해 살아가는 것이 아닙니다. 고통을 이겨내기 위해 살아갈 뿐입니다.

질투와 의혹, 버림받을지도 모른다는 두려움은 사랑의 열정이 시들해지면서 필연적으로 수반되는 고통입니다. 평생 동안 따라다닌 고질병처럼 우리를 괴롭힙니다. 온몸이 아파오기 때문에 살아 있는 것을 느끼고, 사랑의 고통으로 사랑한다는 것을 느낄 뿐입니다.

이런 무력감에서 벗어날 수 있는 유일한 방법은 원망과 눈물입니다. 노쇠에 따른 온갖 영향 중에서 사랑의 무력증만큼 우리에게 고통을 안겨 주는 것은 없습니다.

알렉상드르 자르댕

첫사랑의 기억을 찾아서

열세 살 때였습니다. 나는 처음으로 한 여자의 노예가 되고, 내 육체에 기꺼이 종속되며, 내 감각에 항복한 나 자신을 발견했습니다. 사랑에 정신이 나갔던 것입니다!

그녀의 이름은 사샤, 열여덟 살이었습니다. 그녀의 풍만한 가슴은 나를 미치게 했고, 슬라브 억양은 나를 전율케 했습니다. 내게 실제 나이보다 더 성숙하게 느껴진 그녀는, 온갖 기대를 불러일으키는 진짜 여자 중의 하나였습니다.

나는 그녀를 어떤 작업장에서 만났습니다. 온 세상 젊은이들이 방학 중의 일부를 바쳐 기즈 성이 역사의 부침 가운데 당했

던 모욕을 지우기 위해 그곳에 와 있었습니다.

나는 흙손을 가지고 일을 하는 것 이외에 다른 능력이 있음을 사샤에게 가까스로 납득시켰습니다. 나는 집요하게 구애를 계속했고, 조금 우스꽝스럽기는 했지만 젊음을 과시했으며, 엉뚱한 이야기와 말로 그녀의 얼을 빼놓았습니다.

그녀는 마침내 나를 받아들였습니다. 어떤 멋진 일격이 그녀를 납득시켰는지는 모르지만 나는 마침내 그녀를 유혹하는 데 성공했고, 그녀의 작은 호의를 누릴 수 있었습니다. 좋은 징조였습니다. 하지만 내게는 입맞춤이나 옷 입은 몸 위로 서툴게 기어 올라가는 것 이상이 필요했습니다. 그때까지 나는 여자의 몸에 대한 그런 허기, 여자를 넘어뜨리고 싶은 그런 열기를 느낀 적이 없었습니다.

그곳은 껴안기에 적당치 않은 장소였습니다. 까다로운 작업장 책임자는 자신의 책임하에 있는 동안 내가 사샤의 몸 위로 기어 올라가지 못하도록 감시했습니다. 그 교활한 사내는 내 행동을 감시했고, 욕망에 점령당한 정신 나간 연인다운 내 꾀를 좌절시켰습니다.

하지만 내게는 강가 버드나무 아래의 낙엽 더미, 나를 비웃는 듯한 건초, 모래 많은 그곳의 흙 같은 모든 것이 우리를 만족시켜 줄 깨끗한 침대로 보였습니다. 나는 그 위에서 그녀와 얼

싸안고 구르는 것을 꿈꾸었습니다. 나무만 보면 나는 거기서 사샤를 열정적으로 밀어붙이는 모습을 상상했습니다. 그녀에게 아이들을 갖게 하고, 그녀에게 내 성을 붙이며, 기진맥진한 채 정신을 차릴 수 없을 정도로 그녀를 사랑하는 것을 상상했습니다.

그녀야말로 내 운명의 여자라는 사실은 분명하고 확실하고 명백했습니다. 나는 그녀에 대해 거의 알지 못했지만——임시변통으로 우리는 짧은 영어로 의사 소통을 했습니다——무슨 상관이겠습니까. 내가 그녀를 사랑하는데! 나는 열세 살짜리만이 할 수 있는 사랑으로, 그 나이를 아름답게 하는 격한 흥분과 감미로운 맹목으로 무의식적인 확신과 젖먹던 힘까지 기울여 미친 듯이 그녀를 숭배했습니다.

해결책은 오직 하나뿐이었습니다. 책임자의 감시에서 놓여나는 즉시 그녀를 납치해야 했습니다. 그런데 그녀를 어디로 데려간단 말입니까? 베르들로가 있었습니다. 여름이면 그 집은 비어 있었습니다. 그 집이 비어 있다는 사실이 내게는 하늘의 섭리처럼 느껴졌고, 망설여서는 안 된다는 징조로 보였습니다.

나는 지체 없이 어머니에게 전화를 걸어 집 열쇠가 어디 있는지 물었습니다. 사샤와 상의한다든가 어머니의 의견을 묻는다든가 할 문제가 아니었습니다. 여자와 자러 가도 좋으냐고 부모에게 묻는단 말입니까? 열세 살의 나는 유년기를 아직 벗어나지 못

했을지도 모른다는 불안감이 들긴 했지만 내게 전적인 권리가 있음을 느꼈습니다.

"어째서 열쇠를 찾는 거냐?"

전화를 받은 어머니가 내게 물었습니다.

그래서 나는 사샤란 소녀에게 한 다스의 아이들을 갖게 하고 싶노라고 대답하며, 내가 사랑하는 여자가 가지고 있음직한 장점들을 어머니에게 늘어놓았습니다. 전화 저편에서 어머니가 약간 당황해하는 것을 느낄 수 있었습니다. 어머니는 몇 마디 말을 두서없이 중얼거리시더니 열쇠 있는 곳을 알려 주고는 전화를 끊었습니다.

나중에 나는 어머니가 그 전화 때문에 병이 났다는 사실을 알았습니다. 어린 아들이 연인의 길로 뛰어드는 것이 너무 빠르다는 생각에 어머니는 걷잡을 수 없이 불안했던 것입니다. 시기를 잘못 잡은 내 생식욕은 어머니를 불안하게 할 만했습니다. 하지만 어머니는 내 정신 나간 행동을 어떻게 다스려야 할지 알 수가 없었던 모양입니다. 의문에 사로잡힌 그녀는 내 아버지와 자신의 연인들을 불러모아 여러 차례 회의를 열어 내 요청에 대한 의견을 구했습니다.

내 운명은 표결에 부쳐졌습니다. 기묘하게도 대다수가 도덕적인 입장이었습니다. 예상과는 정반대로 쥐비알은 내가 여자의

몸을 탐하는 것을 한동안 금지시킬 것을 요구했던 것입니다. 그러므로 내게 취해진 조치는 순전히 나에 대한 어머니의 믿음에서 나왔습니다. 남자들의 두려움에 반대한 사람은 바로 어머니였던 것입니다.

일주일 후 나는 사샤와 그녀의 유고슬라비아인 남자 친구 셋, 그리고 마침내 자르댕 가의 풍습에 익숙해진 내 오랜 영국인 친구로 이루어진 작은 무리를 이끌고 베르들로에 도착했습니다. 크로케를 무척 좋아하는 존이 브리 지방에 있는 우리 집 잔디 위에서 그 놀이의 그윽한 맛을 슬라브 아이들에게 가르쳐 주는 동안, 나는 사샤의 몸이 가지고 있는 뜻밖의 기능에 놀라면서 시간을 보냈습니다.

너그럽게도 그녀는 내 욕망에 자신을 내어주고, 나로 인해 즐거워하며, 내 두려움을 가라앉혀 주고, 내 기대 이상을 채워 주며, 내 감각을 놀라게 했습니다. 그녀는 내게서 어떤 과목도 배우지 않았습니다. 학기중이 아니라 방학중이었으므로 우리는 침대에서 거의 나오지 않았던 것입니다.

신선함으로 가득 찬 그 시간은 내게 그윽한 나체와 감미로운 친밀감이라는 추억을 남겨 주었습니다. 그런 순간에 희생적인 면모를 부여하곤 하는 심각함 같은 것은 전혀 내비치지 않은 채 사샤는 두 눈을 크게 뜨고 즐겁게 사랑을 했습니다. 꾸며낸 것이

아닌 그녀의 쾌활함은 지속적이지는 않았지만, 그녀의 기분을 주도하고 그녀의 갈망을 빛나게 해주었습니다.

그 슬라브 소녀의 부드러운 육체와 사랑을 나누는 것은 마법에 걸려 18세기의 프랑스 여기저기를 어슬렁거리는 듯한 느낌이었습니다. 그 육체적 관계는 우리의 오해를 더욱 깊게 만들지도, 과거의 고통과 싸우게 하지도 않았습니다. 그저 행복하기만 했던 것입니다.

하지만 아무리 완벽한 일치도 영원할 수는 없는 법. 사샤는 아드리아 해 연안으로 돌아가야 했습니다. 학교 수업을 다시 받아야 했던 것입니다. 가슴속에 죽음을 품고서 나는 유고슬라비아행 밤차를 타야 하는 그녀를 존과 함께 리옹 역까지 배웅했습니다. 플랫폼에서 나는 그녀를 껴안았습니다. 유고의 독재자 티토가 우리의 재회를 방해하리라는 끔찍한 예감에 몸을 떨면서.

기차가 움직이기 시작했을 때, 무분별한 충동이 나를 미치게 했습니다. 돈도 여권도 없이 갑자기 기차에 뛰어올랐던 것입니다. 그녀를 따라가 철의 장막 안에서 그녀를 마음껏 사랑하기 위해서였습니다. 다음 순간 무슨 일이 벌어졌는지……. 나중에서야 나는 사태를 파악할 수 있었습니다.

턱에 세찬 주먹질을 당한 나는 정신을 잃고 플랫폼 위로 나뒹그러졌습니다. 존이 기차의 발판 위로 뛰어올라 반항하지 못

하도록 내게 주먹을 안겼던 것입니다. 그런 다음 그는 기차에서 뛰어내리며 나를 땅 위로 쓰러뜨렸습니다. 다음 순간 기차의 문이 닫혔습니다.

플랫폼 위에서 몸을 일으키면서 영국인 친구는, 내가 여자 하나 때문에 그렇게까지 머리가 돌 수 있다는 사실에 분개해서는 경멸에 찬 눈길로 나를 쳐다보았습니다. 그 애는 설명 대신 경멸어린 어투로 이렇게 중얼거렸습니다.

"프랑스 남자 아니랄까 봐……."

그런 다음 그 애는 자신의 교복 웃옷의 주름을 펴면서 걸음을 옮겼습니다. 나는 리옹 역에서 그런 식으로 내 첫사랑을 잃었다고 생각했습니다.

나는 다음에 무슨 일이 일어날는지 모르고 있었습니다.

존의 왼손 펀치에 심각한 타격을 입은 나는 한쪽 눈을 치료하기 위해 딱한 모습으로 아파트로 돌아왔습니다. 내 머릿속에는 가능한 한 빨리 사샤의 부모님에게 전화를 걸어 내가 두 분의 딸을 사랑하고 있으며, 그녀와 결혼하고 싶다고 말해야 한다는 생각뿐이었습니다. 하지만 어머니는 전화 요금이 많이 나온다는 이유로 전화를 하지 못하게 했습니다. 그래서 나는 전화를 걸기 위해 길 건너 쥐비알의 집으로 갔습니다.

쥐비알은 나를 자기 방에 혼자 있게 해주었습니다. 나는 열에 들뜬 채 사샤의 전화번호를 돌렸습니다. 여러 차례 전화가 연결되었지만 그때마다 쩌렁쩌렁 울리는 목소리가 전화를 받더니 세르비아 크로아티아어로 몇 마디 욕설을 퍼붓고는 전화를 끊어 버렸습니다. 내 어설픈 영어는 아무 소용도 없었습니다. 그 상스러운 사내는 달마티아어인지 그리스어인지 알 수 없는 이상한 말로도 고함을 쳐댔습니다. 사샤의 이름을 외쳐대도 소용이 없었습니다. 사내는 매번 전화를 끊어 버렸습니다.

마침내 나는 그런 식의 결혼 신청을 포기하고, 방에서 나와 쥐비알의 서재로 들어갔습니다. 쥐비알은 실내복 차림으로 입에는 시가를, 손에는 만년필을 쥐고 내 앞에 와서 섰습니다. 동요한 그의 태도에는 내 당혹감이 반영되어 있었습니다. 그는 실내복 속에서 기계적으로 체온계를 꺼내더니 숫자를 살펴보며 중얼거렸습니다.

“38도 9부…… 39도에 가깝군.”

내 절망 때문에 그의 체온이 올라갔던 것입니다. 이윽고 나는 슬픔으로 녹초가 되어 미치도록 그 여자가 좋다고 중얼거리며 흐느끼기 시작했습니다. 그러자 쥐비알은 함께 눈물을 흘리며 나를 부드럽게 안아 주었습니다. 우리는 오랫동안 포옹을 풀지 않았습니다.

아버지 자르댕과 아들 자르댕의 눈물이 뒤섞였습니다. 문득 그는 내 아픔이 진짜 사랑에 빠진 사내의 아픔이라는 것, 자기 아들이 이제 더 이상 어린아이가 아니라는 것, 자신과 똑같은 상처로 인해 고통스러워하고 있다는 것을 깨달은 모양이었습니다. 그가 보기에 그 첫사랑의 슬픔은 내 세례식 같은 것이었습니다. 우리 집안에서는 여자로 인해 흘리는 눈물이야말로 성수(聖水)였던 것입니다.

이윽고 실컷 울고 난 그가 내게 물었습니다. 그 아이가 몇 시에 떠났지? 목적지는? 나는 웅얼웅얼 대답했습니다. 그는 자기 방으로 들어가 15분간 어디론가 전화를 했습니다. 그리고 내게로 돌아와 이렇게 선포했습니다.

"상드로, 우리 출발하자!"

"어디로요?"

"한 시간 내로 베네치아행 비행기를 타는 거야. 도착 지점에 자동차 한 대가 우리를 기다리고 있을 거야. 그걸 타고 달마티아 지방을 횡단하자. 그리고 10시 42분에 류블랴나 역의 플랫폼에서 사샤를 기다리는 거야. 기차에서 내린 그녀는 너를 보고 울면서 껴안겠지. 넌 잊을 수 없는 존재가 되는 거야! 그 집안의 여자들은 5대에 걸쳐 너에 대한 이야기를 하게 될 거야!"

사샤가 탄 기차를 따라잡기 위한 이런 정신 나간 질주를

기획한 사람은, 영화 촬영에 필요한 묘기에 익숙한 쥐비알의 친구인 조감독이었습니다.

예정된 시각 우리는 오를리 공항에서 비행기를 탔습니다. 나는 아버지에게 우리의 대여정에 비용이 얼마나 드는지 물어보았습니다. 아버지는 그것은 전혀 중요하지 않다고, 보다 중요한 것은 내가 사랑하는 여자를 정복하기 위해 나 자신의 돈과 다른 이의 돈을 희생하는 법을 배우는 것이라고 대답했습니다. 그밖의 것은 쓸데없고 부도덕하고 부적절한 투자에 지나지 않는다는 것이었습니다. 그것이야말로 쥐비알의 행동 방침이었습니다. 그는 언제나 그런 원칙에 엄격했습니다.

베네치아에 도착한 우리는 알파로메오 한 대를 빌렸습니다. 하룻밤 내내 쥐비알은 달마티아 지방의 해안선을 따라 달렸습니다. 나는 제임스 본드의 아들이나 판토마가 된 듯한 기분이었습니다. 뒷좌석에 편안히 기대앉은 나는 다음날 아침, 내 미녀 앞에 멋진 모습으로 나타나기 위해 잠을 이루려고 애썼습니다. 하지만 트렁크 속에 넣어둔 20리터들이 노란 휘발유통에서 기름을 따라 차에 넣을 때를 제외하고는 줄담배를 피워대며 핸들에서 손을 떼지 않던 아버지의 모습은 아직도 또렷이 기억납니다.

이 장면의 지극히 영화적인 분위기에서 독자들은 물론 초현실적인 느낌을 맛볼 것입니다. 쥐비알과 함께 있으면 사람들

은 바로 그런 소설적인 감정에 사로잡히고 맙니다. 다음 순간 당신은 지금 눈앞에 벌어지고 있는 일이 정말 사실인지 자문하게 되는 것이지요. 그때 담배 연기 자욱한 뒷좌석에 앉아 그 먼길을 가로질렀던 것은 다름 아닌 나였습니다. 자동차는 슬로베니아인 듯한 곳의 작은 도로 위를 쏜살같이 달려가고 있었습니다. 한밤중이라 내 눈에는 아무것도 보이지 않았습니다.

동틀 무렵 우리는 예정보다 몇 시간 앞서 류블랴나에 도착했습니다. 그 도시의 깔끔한 모습에 우리는 놀라지 않을 수 없었습니다. 유럽 공산권의 후미진 도시를 예상했기 때문이지요. 우리는 매혹적인 호텔에서 아침을 먹었습니다. 쥐비알은 나를 위해 방 하나를 예약했습니다. 사샤가 도착하자마자 나를 원할 것에 대비해서.

10시 42분, 나는 쥐비알의 시선을 받으며 제1번 플랫폼에 서 있었습니다. 쥐비알은 내 뒤 20미터쯤 떨어진 곳에 있는 벤치에 앉아 나를 지켜보고 있었습니다. 그가 내 뒷모습에서 자신의 모습을 보고 있으리라는 것을 나는 분명히 느낄 수가 있었습니다.

그 어린 슬라브 소녀를 껴안으러 가는 것은 바로 내 나이 때의 그였습니다. 그 당시에 이미 아버지와 나의 모습은 놀랄 정도로 서로 닮아 있었습니다. 그를 기쁘게 하기 위해 1백 보 정도

걸어가면서 그의 거동을 흉내내 주머니에 두 손을 찔러넣었던 일이 기억납니다.

예정 시간이 넘었는데도 기차는 도착하지 않고 있었습니다. 플랫폼 위에는 기다리는 사람들이 많았습니다. 대기는 따뜻했습니다. 나는 짧은 내 일생에서 가장 아름다운 순간을 연출할 준비가 되어 있었습니다. 수많은 세월이 흐른 후 기쁨에 차서 회상할 수 있는, 내밀한 선집(選集)의 한 장면을.

기차가 플랫폼으로 들어왔습니다. 쥐비알은 내게 미소를 지어 보이고는 그녀가 알아볼 수 없도록, 영화에서처럼 신문으로 얼굴을 가렸습니다. 승객들이 내리기 시작하자 나는 더 이상 자리를 지키고 있을 수가 없었습니다.

아버지가 연출한 그 역할 속의 나는 매혹적이었습니다. 얼마 지나지 않아 사샤가 플랫폼 저쪽 끝에서 모습을 나타냈습니다. 그렇지만 내 모습이 불러일으킬 효과를 확신한 나는 참을성 있게 기다렸습니다. 그 순간 갑자기 사샤가 플랫폼 위로 달려왔습니다. 드디어 나를 발견한 것일까? 이 세상에서 가장 행복한 사내가 될 채비를 마친 그 순간 나는 갑자기 가장 딱한 사내가 되어 버리고 말았습니다.

그녀는 20대로 보이는 어떤 청년의 품속으로 뛰어들었던 것입니다. 나보다 머리 두 개가 더 큰 건장한 사내였습니다. 그

녀가 그를 포옹하는 순간 그가 짓는 눈부신 미소를 나는 군중 속에서 볼 수 있었습니다. 그 미소는 그녀가 그 청년의 것이라는 사실, 나는 파리에서의 광란이나 여흥에 지나지 않았다는 것을 말해 주고 있었습니다. 그런데 나는 그녀가 나를 진정으로 사랑한다고 오해했던 것입니다.

피가 얼어붙는 듯했습니다. 더 이상 돌지 않는 것 같았습니다. 기계처럼 뻣뻣한 동작으로 나는 아버지 쪽으로 고개를 돌렸습니다. 우리의 당혹스러운 눈길이 마주쳤습니다. 납빛이 된 얼굴로 그는 내게 어깨를 으쓱해 보였습니다. 나는 그녀 앞에 나타날 용기가 없었습니다. 내가 한 걸음 뒤로 물러나 기둥 뒤로 몸을 숨기는 순간, 사샤는 연인의 팔을 끼고 내 앞을 지나갔습니다. 그녀를 따라잡기 위해, 내 사랑으로 그녀를 어리둥절하게 만들기 위해 내가 유럽 대륙을 가로질렀다는 사실을 그녀는 결코 알지 못할 테지요.

자크 브렐의 노래 가사처럼 나는 의기소침해져서 쥐비알과 함께 파리로 돌아왔습니다. 쥐비알은 최선을 다해 나를 위로하려 애썼습니다.

언젠가 우연히 사샤가 번역판이나 프랑스어판으로 이 책을 읽게 된다면, 다음과 같은 사실을 알아 주었으면 싶습니다. 만약

그 플랫폼에서 그 덩치 좋은 슬라브 청년이 그녀를 채어 가지 않았다면, 나는 그녀를 프랑스로 데려왔으리라는 것을. 당시 나는 내 욕망에 인색할 수가 없었습니다. 지금도 역시 그렇지만…….

가브리엘 마츠네프

무해한 사랑은 없다

그대는 결별했습니다. 이제 사랑의 치료법을 찾아내 이 커다란 불행을 창조적인 시련으로 바꾸고, 죽은 자들을 다시 살리는 것이 그대의 몫입니다.

우선 연인을 잃었다는 고통에 휩쓸려 정신을 잃지는 마십시오. 대신 사랑하는 연인을 가졌었다는 기쁨에 열중하십시오. 날이 모여 달이 되고, 달이 모여 해가 되는 동안 그대와 연인이 함께 나누어 온 사랑, 함께 느꼈던 행복과 기쁨에 대해 생각하십시오.

만일 결별과 함께 그녀에 대한 감정들이 변했다는 핑계를

대며 그 사랑을 아무것도 아닌 것으로 치부해 버린다면, 그대는 경멸당할 만한 행동을 한 것이 됩니다. 죽음이 앗아간 그대의 소중한 친구들, 그대가 읽은 아름다운 책들, 그대가 본 멋진 영화들, 그대가 한 열정적인 여행들, 그대가 마신 훌륭한 술들에 대해서도 얘기하는데, 연인의 배은망덕하고 바보 같은 행동에 대해 털어놓지 못할 이유가 뭐란 말인가요? 그대가 잃어버린 사랑처럼 그것들도 그대의 과거에 속합니다. 그렇다고 그것들이 더 이상 느낄 수 없는 것이 되어 버리는 걸까요? 그것들은 그대의 꺼져버린 사랑과 같은 자격으로 그대 인생의 한 자락을 이루고 있지 않나요? 돌이킬 수 없는 죄가 딱 하나 있습니다. 바로 자신의 과거에 대한 모독죄랍니다. 절대로 그 죄를 범하지 마십시오.

한편 그대는 자존심이라는 미덕을 사용할 수 있습니다. 연인이 그대를 배신했기 때문에 결별을 선언한 것은 잘한 일이며, 굴욕의 고통보다는 결별의 고통을 선택하는 게 옳았다고 자신에게 말하십시오. 그것이야말로 그대가 스스로에게 납득시켜야 하는 것입니다. 그건 절망을 치료하는 특효약입니다. 그 이유를 짐작하겠습니까? 이러한 상황에서 자존심이란 용기의 정확한 동의어이기 때문입니다. 세네카는 우리에게 언젠가 꼭 필요하게 될 유일한 자질은 죽음 앞에서의 당당한 용기라고 적고 있습니다. 맞는 말이지만 죽음 앞에서만 용기가 필요한 것은 아닙니다. 삶

앞에서도 용기가 필요하며, 지금이야말로 그대가 그 용기를 기억해야 할 순간입니다.

그렇습니다. 우리를 매혹시킨 그 정열이 우리를 곧 비탄에 잠기게 합니다. 결별이 그대에게 그렇듯 고통스러운 것도 그대의 약한 마음과, 열에 들뜨고 행복했던 사랑의 시간을 기억하기 때문입니다. 즉 한 단어로 사욕편정(邪慾偏情)이라 부릅니다. 이 단어는 신학적 언어에 속하기 때문에 지금은 더 이상 쓰이지 않습니다. 유감스러운 일입니다. 왜냐하면 그것은 '열렬한 욕망'을 의미하며, 연인에게 몸과 마음을 온통 빼앗겨 버린, 그럼에도 불구하고 그녀에게 작별 인사를 결심하는 한 남자와 멋지게 맞아떨어지는 말이기 때문입니다.

복수하지 않고 부정한 여자들을 계속 사랑할 수 있다고 믿는 것은, 아픔 없는 사랑이 존재한다고 생각하는 바보들뿐입니다. 무해한 사랑은 없습니다. 누군가에게 애정을 느낀다는 것은 그에게 의지하고, 그에 대해 걱정하며, 그 사람 때문에 괴로워한다는 것입니다. 사랑한다는 것은 위험을 감행하며, 위험을 감수하며, 상처받기 쉬운 존재가 된다는 것입니다.

만병통치약은 없습니다. 실연의 상처에는 저마다의 치료법이 있습니다.

죽지는 마십시오. 살아서 그대도 사랑과 고통에 바치는 건물을 세우십시오.

사랑의 고통을 되도록 빨리 떨쳐 버릴 것을 지지하는 사람들을 내가 비난하는 이유는 비애를 무시하고, 소중한 사람의 죽음이라는 값진 경험을 우리에게서 빼앗아 가며, 또 우리로 하여금 스스로를 돌아보게 하는 위기의 경험을 앗아가기 때문입니다.

스토아철학자 클레앙트는, 위로하는 사람의 의무는 우리가 고통이라 믿는 것이 그 하나뿐이 아니라는 것을 설명하는 것에 그친다고 가르칩니다. 현명함은 고통을 꿋꿋하게 참아내는 게 아니라, 쓰레기 속에서 꽃을 피우는 정원사처럼 그것을 기쁨으로 변하게 하는 것입니다. 바이런의 훌륭한 작품들도 결혼의 파경과 영국 사회에서 추방당했던 경험에서 태어났으며, 도스토예프스키의 대작들 역시 감옥 생활의 경험을 바탕으로 나왔습니다.

무기력과 유흥에 빠지지 마십시오. 일을 하십시오. 공책과 연필을 사십시오. 적어 내려가십시오. 이슬람교도의 전통에서는 착한 행동을 기록하는 천사와 나쁜 행동을 기록하는 천사가 따로 있는 듯합니다. 그대 자신의 삶과 사랑과 성공 · 실패에 관해 직접 써내려갈 때, 그대는 동시에 이들 두 천사가 되는 셈입니다. 평소에는 일기를 쓰지 않는다고 해도, 그대의 삶에서 괴로운 일들이 나타날 때 그것을 일기에 쓰라고 권하는 이유도 거기에 있

습니다.

우리의 죽어 버린 사랑이 가장 아름다운 작품의 영감이 된다고 주장하지는 않겠습니다. 그러나 한 발 뒤로 물러서는 것이 어떤 존재나 경치·사태를 더 잘 살펴보는 데 도움이 된다는 사실은 부인할 수 없습니다. 때로는 너무 가까이 가는 것이 도움이 되기보다는 오히려 불리할 수 있습니다. 내가 결혼 생활에서 영감을 얻어 소설을 쓰기 시작한 것은, 한 변호사 친구에게 이혼 수속을 밟으라고 한 뒤 몇 주가 지나서였습니다.

아, 한 가지 잊을 뻔하였군요. 별것 아니지만 망각에의 거부와 고통의 수용 등, 내가 그대에게 말한 모든 것은 그대가 그 품속에서 최상의 쾌락을 맛본 젊은 여인의 경우에만 해당된다는 것입니다.

반면 그대가 원하지만 그대의 침대 속으로 들어오기는 싫어하는 목석 같은 여자는 그대의 삶에서 당장 몰아내고, 기억 속에서 지워 버리십시오. 그런 여자에게는 절대 미련을 갖지 마십시오. 소심한 애인의 역할은 마음 약하고 어수룩한 남자들에게 넘겨 버리란 말입니다. 그런 것에 그대의 시간을 허비하라고 말하기에는 인생이 너무 짧습니다.

상호간에 사랑의 감정이 있어야만 상대의 오만함도 다스릴 수 있는 것입니다. 그대를 미치도록 사랑했고, 아주 행복하게 만

들어 주었지만, 어떤 이유로 그대에게서 멀어지는 여자를 나쁘게 생각지 마십시오. 그리고 몇 년이 지난 후 결별의 고통이 수그러들면 그전 애인과 친구가 되라고 충고하고 싶습니다.

반대로 그대가 매우 갈망하는 여자이지만, 그대와 같은 욕망을 느끼지 못하는 그 여인이 그대를 밀어낸다면 그 사랑은 실패한 것입니다. 그 여인은 그대와 절대 연인이 되지 못한다는 것을 깨닫는 순간부터 그대는 애정어린 고백을 냉혹한 경멸로 바꾸고, 그 바보 같은 여자를 마음속에서 몰아내야 합니다. 만약 그녀가 '친구'가 되자고 제안하면 코웃음치고, 그녀의 얼굴과 이름까지도 잊어야 합니다. 사정없이 냉혹해지십시오.

약함의 시간

사랑을 하는 사람은 누가 뭐래도 자신의 정열을 가치 있는 것으로 단언합니다. 절망에 빠질 때마다 정열과 싸우고, 항상 자신을 되찾으려는 대단한 결의를 하고, 사랑하지 말아야 할 갖가지 이유를 단호하고 가차없이 열거하지만, 내면의 소리는 오래도록 지속됩니다.

바르트가 쓰고 있는 대로 그 소리 안에는 “사랑해서는 안 될 바람직하지 않은 이유들과, 그래도 역시 사랑은 할 만한 가치가 있다는 확신”이 대립되고 있습니다.

사랑에 있어서 가치 있는 것, 그것은 다름 아닌 약함의 시

간입니다. 간간이 발작적으로 일어나는 소심함, 무력감, 요컨대 애정의 패배, 바로 그것입니다. 자기 자신이 스스로에게 품고 있는 전투적 이미지에 비추어 본다면 패배는 경멸할 만한 것이지만, 그것은 타인의 현존을 알려 줍니다.

타자의 현현을 가능하게 하기 위해서는 주도권을 잃어야 합니다. 주도권을 잃는다 함은 사랑하는 사람을 쫓아내지도 끌어안지도 못하며, 거리를 두지도 못하고, 기존의 인식과 그를 동일시하지도 못한다는 말입니다.

사랑이란 밖에도 없고 안에도 없는 얼굴, 즉 가둘 수 없을 뿐만 아니라 잊을 수도 없는 얼굴과 관계를 맺는 것을 의미합니다. 사랑하는 사람에게 우리는 문을 열지 않을 수 없고, 그를 거기에 가두어둘 수도 없습니다.

사랑에 빠진 사람들은 이렇게 이중의 약함을 지니고, 정열에 대해 감사하는 마음을 갖습니다. 마치 '망연자실'과 접대의 상태에서는 우월한 존재에게서 발견되는 '어리석음'을 피할 수 있기라도 하는 것처럼.

어리석음이란 결코 어리석게 되지 않으려는 것입니다. 항상 난국을 교묘히 빠져 나가고, 어떤 새로운 얼굴도 증명이 다 끝난 의미나 틀에 박힌 견해에 재빨리 끼워넣는 것입니다. 지능의 결여가 아니라 항상 지능을 갖춘 상태이며, 어떤 사물, 어떤 사람

에 의해서도 꼼짝도 하지 않는 평정함을 일컫습니다.

사람들은 말을 걸지만, 대상(隊商)은 지나갈 뿐입니다. 어리석음이란 이와 같이 외부의 어떤 말에 의해서도 전혀 영향을 받지 않고, 방향을 바꾸는 일도 없이 침착하게 자기의 길을 가는 태도 속에서 발견됩니다.

그것은 지성의 반대 극에 있는 것이 아니라, 오히려 모든 사람들을 자신의 잣대 속에 끼워넣어 시작한 것은 무엇이든간에 자기에게 낯익은 추측으로 흡수하고 마는 형태의 지능입니다. 인간적인 것은 어떤 것도 어리석음과 낯설지 않습니다. 이 점에서 어리석음이 해학을 넘어서 부동의 힘이 되고, 잔인함이 될 수 있는 여지가 있는 것입니다.

롤랑 바르트

사랑하는 사람의 부재

부재에는 항상 그 사람의 부재만이 존재합니다. 떠나는 것은 그 사람이며, 남아 있는 것은 나 자신입니다. 그 사람은 끊임없는 출발, 여행의 상태에 있습니다. 그의 천직은 철새, 사라지는 자입니다.

그런데 사랑하고 있는 나, 나의 천직은 반대로 칩거자, 움직이지 않는 자, 그 사람의 처분만을 기다리며 자리에서 꼼짝 않는, 마치 역 한구석에 내팽개쳐진 수화물마냥 '유보된' 자입니다.

사랑의 부재는 일방통행입니다. 그것은 남아 있는 사람으로부터 말해질 수 있는 것이지, 떠나는 사람으로부터 말해질 수

있는 것이 아닙니다. 항상 현존하는 나는 끊임없이 부재하는 너 앞에서만 성립됩니다.

그러므로 부재를 말한다는 것은, 곧 주체의 자리와 타자의 자리가 교환될 수 없음을 단번에 상정하는 것입니다. 다시 말하면 "사랑하는 것만큼 사랑받지 못한다는 것을."

가끔 부재를 잘 견디어낼 때가 있습니다. 그러면 나는 '정상적인' 사람이 됩니다. '소중한 이'의 떠남을 감수하는 '모든 사람'의 대열에 끼게 되는 것입니다. 일찍부터 어머니와 떨어져 있도록 훈련된 그 길들이기에 나는 능숙하게 복종합니다. 그러나 처음에는 무척이나 고통스러웠던, 거의 미칠 지경이었던 그 길들이기에. 나는 젖을 잘 뗀 주체처럼 행동합니다. 어머니의 젖가슴이 아닌 다른 것으로 그동안 양분을 취할 줄도 압니다.

이 잘 견디어낸 부재, 그것은 망각 외에는 다른 아무것도 아닙니다. 나는 간헐적으로 불충실한 것입니다. 그것은 내가 살아남을 수 있는 조건이기도 합니다. 망각하지 않는다면 죽을 것이기에. 가끔 망각하지 않는 연인은 지나침, 피로, 기억의 긴장으로 죽어갑니다. 베르테르처럼.

부재자의 인질

사랑하는 사람은 자유를 원하면서도 억압을 참아냅니다. 이것은 아름답기 짝이 없는 전설로부터 달콤해 보이는 소설에 이르기까지, 대부분의 사랑 이야기가 말해 주는 줄거리입니다.

정열에 대해서, 천년 이래의 대립 관계에 놓여 있는 것은 법입니다. 의무의 법, 이것은 의지와 감정을 대립시키는 비장한 내적 갈등입니다. 억압의 법, 그것은 연인들이 폭력적인 편견이나 엄격한 사회 질서로부터 자신들의 관계를 지키는 것입니다. 그 내용이 변치 않는 최신의 시나리오, 단일 차원의 인간이 자신에게 가해지는 절단에 대항해서 욕망의 권리를 주장하는 것입니다.

그렇기 때문에 사람들이 사랑에서 두려워하거나 시인하는 것은 법을 넘어서는 원리, 즉 이탈의 힘이며, 이 힘은 관습에 도전하고, 모든 힘의 연합에 자유의 비타협성을 대립시키고 있습니다.

이 싸움에 있어서 근대인은 개인의 자유를 편드는 반면, 고대인은 신의 법을 방패로 해서, 또는 보다 비근하게는 사회적 단결이 필요하다는 이유로 제멋대로인 사랑을 규탄합니다.

이리하여 양쪽 모두가 사랑의 본질, 즉 사랑받는 얼굴이 갖고 있는 지배력을 잊어버리고, 사랑과 검열 간의 다툼으로 초점을 옮기고 있습니다. 돌발 사건에 가려서 본질적인 줄거리가 보이지 않게 되는 것입니다.

왜냐하면 사랑하는 사람은 억압적인 권위에 대항해서 스스로의 자유를 정당하게 지키지만, 유독 감정적인 결합에서만은 자유를 위험에 빠뜨리고, 그것을 희생시키려고까지 하기 때문입니다. '타자를 본의 아니게' 사랑하는 행위는 최고의 수동성이고, 모든 피난처를 버리고 자기를 드러내서 몸을 바친 후 항복하는 것입니다. 자신이 더 이상 절대적인 지배자가 아니라는 생각의 극한에까지 가는 것입니다.

사랑은 그대를 '부재자의 인질' 로 만듭니다. 그대는 그 부

재자를 잡아두지도, 교묘히 피하지도, 돌려보내지도 못합니다. 이 지배력은 사랑하는 사람에게는 절망이지만, 동시에 가장 값진 보물이기도 합니다. 그것은 그를 괴롭히는 폭력이고, 자신의 내부에서 긍정하고 있는 가치이기도 합니다.

타자에 대한 생각에 사로잡혀 기다림에 지쳤어도 여전히 이 퇴임된 왕은 지배자로서 원래의 지위를 버리고, 충성을 서약하는 신하의 지위로 기꺼이 떨어집니다. 온전히 자제할 수 있는 상태를 버리고 사랑에 이끌리게 될 때, 사람들이 애태우게 되는 것은 이러한 종속 관계와 수동성입니다.

《잃어버린 시간을 찾아서》의 마지막 부분에서 프루스트는, 이 모습에 대해 잘 이야기하고 있는 라 브뤼예르의 말을 인용하고 있습니다. "사람들은 사랑하고 싶어하지만 그렇게 하지 못한다. 그들은 패배를 찾아나서면서도 그것과 만날 수는 없다. 말하자면 그들은 자유에 머무르도록 구속되는 것이다."

법의 견고함에 사랑의 풍부함을 대비시킨 나머지 우리는 중요한 사실을 간과하여 왔습니다. 즉 정열은 주체를 노예 상태로까지 빠뜨리지는 않는다고 하더라도 주체를 자유의 담 밖으로 밀어낸다는 사실입니다.

"나는 사랑의 병을 앓고 있다"고 솔로몬의 〈아가〉는 노래

합니다. 이 병은 소외가 아니며, 이 지배는 억압적이지 않습니다. 타자에 의해 자신이 침범되는 것은 지배와는 정반대의 의미에서 체험되고, 또 그런 의미로 파악되어야 할 것입니다.

악이 아니라 자유가 없음이며, 예속이 아니라 봉사이고, 항복이 아니라 수동성인 것입니다. 이야말로 풍기 문란이나 규범 위반보다 훨씬 더 진정한 사랑의 스캔들이 아니고 무엇이겠습니까?

오늘날 우리는 이 세상을 자유와 권력 사이에서 일어나는 다양한 형태의 투쟁의 장으로서 바라봅니다. 우리에게 의식이란 자유로운 의식이든지 예속된 의식 중의 하나이고, 주체란 자립적인 주체이든지 타자의 노예로서의 주체 중 하나입니다. 당분간 우리에게 독립은 환상이며, 우리가 누리고 있는 자유도 감지하기 어려운 결정 요인에 의해서 서서히 침투되고 있다고 생각하는 경향이 있습니다.

우리는 사회의 명령대로 움직이지는 않지만, 그것의 계획 안에 들어 있습니다. 체제에 더 이상 복종하지는 않더라도 우리는 여전히 체제에 의해 작동됩니다. 어쨌든 자율과 폭력 중 양자택일은——사실이든 상징적이든——우리에게 인간적 실체를 피폐하게 만듭니다. 이렇게 되면 우리의 목표는 단순해집니다. 의식에 미치는 타인의 지배를 약화시키는 것입니다.

그렇다면 사랑이란 무엇일까요? 청천벽력이며, 우리가 살고 있는 현대에 존재하는 시대착오입니다. 사랑하는 주체는 양자택일 중 어느 항목에서도 스스로의 모습을 인정하지 않습니다. 주체 안에 있는 타자의 존재는 소외가 아니라 임명입니다. 주체의 내면 생활은 사랑받는 얼굴에 끊임없이 바쳐지는 봉헌이며 헌납입니다. 그렇게 함으로써 사랑받는 얼굴은 자유의 구속으로부터 주체를 해방합니다.

이와 같은 체험은 자유와 권력의 대결을 무조건적으로 중시하는 경향에 이의를 제기하게 됩니다. 예속이 아니면서 타자 앞에 몸을 굽히는 방식도 있을 테니까요.

확실히 타자란 다른 모든 것을 희생하고서야 겨우 받아들일 수 있는 존재입니다. 당신에게 결핍되어 있는 단 하나의 존재…… 사랑이 눈을 멀게 하는 것이라면, 이 말은 무엇보다도 이 유일한 존재 이외의 다른 모든 것에 대해 눈이 멀게 된다는 말입니다.

사랑받는 얼굴은 얼굴의 전매권을 갖고 있습니다. 프루스트는 말합니다. "사랑하고 있을 때에는, 어느 누구도 사랑하지 않는다." 주앙도는 또 이렇게 말합니다. "모든 얼굴이여, 잘 있거라. 나는 이미 저 얼굴 이외는 어느 누구도 알지 못한다."

정열은 세상에 대한 전적인 거부입니다. 자신들이 사라져야 하는 사실에 항의하는 사람들은 귀찮은 사람들입니다. 그들은 사라지지 않고, 살아남기 위해 안간힘을 쓰면서 눈먼 사랑에 의해 폐쇄된 사회를 교란시킵니다. 이와 같은 방해자 중에는 라이벌도 있습니다. 소설이 좋아하는 테마인 질투가 그것인데, 이는 가장 극적이고 잘 알려진 제삼자 배제의 양상으로서, 타자의 이름으로 그 이외의 모든 사람들을 단호히 거절하는 모습에 다름 아닙니다.

사랑받는 얼굴과 방해자들, 이 분할이 사랑을 광신적 행위와 잠재적인 폭력, 클로델의 작품에 등장하는 주인공의 말을 빌린다면 "이루 말로 다할 수 없는 불공평"을 구성합니다. 그래도 여전히 타인을 체험하는 행위는 아마도 그만의 가치를 지닐 것입니다. 즉 이번에도 역시 클로델이 사용하는 표현처럼 우리들의 "이웃을 이해시키고, 우리들의 삶 속에 이웃을 들여 놓기 위해서는" 달리 방도가 없습니다.

요컨대 사랑의 의식과 윤리의 의식 사이에는 숨겨진 유사성이 있습니다. 단 그 유사성은 윤리와 정열을 파토스로부터 멀리 떨어뜨려서 그것들을 자유나 융합의 가치와 결부시키는 단순한 사고를 그만둘 때 비로소 인식이 가능한 것입니다.

그는 이방인이면서도 이웃이고, 가까이에 있으면서도 먼 존재입니다. 왜냐하면 그 사람은 항상 스스로의 존재를 변화시키면서 존재하기 때문입니다. 가장 멀리 있을 때조차 가까이 있습니다.

왜냐하면 그는 나로부터 도망가지만, 내 안에는 그 사람으로부터 도망칠 수 있는 공간이 한구석도 남아 있지 않기 때문입니다. 윤리적 관계에 있어서, 또 사랑의 관계에 있어서 타자란 이러한 존재입니다.

알랭 우지오

자기 자신을 사랑하는 방법

'자기 자신을 사랑하는 법을 배울 수 있을까?' 라는 질문이 가장 먼저 상기시키는 것은, 신전의 새로운 상인들이 최근 보여주고 있는 현상입니다.

오늘날 신전의 상인들이란 바로 자기 자신을 사랑하는 법을 배우고, 인생의 공허함에 대한 두려움을 가라앉히기 위한 처방 · 기술 · 비법을 제안하는 자들입니다.

소량의 정신분석, 비의적 전통의 겨자씨 한 잔, 여기에 극소량의 요가를 섞어라……. 이 모든 것을 한입에 꿀꺽 삼켜 버려라. 그러면 당신은 인생의 공허함을 밀어내고, 심지어 당신 자신

을 사랑하기에까지 이르리라.

자기 자신을 사랑하고 싶은 것, 그것은 우리가 자신의 기류, 그리고 비록 가끔씩 문이 꽝 하고 닫힐 수는 있으나 어쨌든 활짝 열어젖힌 문을 갖고도 더 이상 인생을 사랑할 수 없을 때 마지막 수단으로 시도하는 것입니다.

자기 자신에 대한 사랑이라는 말은 내게 죄에 대한 루터의 정의 자체, 즉 자기 자신에게 구부러지는 행위라는 말을 떠올리게 합니다.

나는 유명한 두번째 계율도 잘 알고 있습니다. '네 이웃을 사랑하라…….' 정확히 말하면 '……너 자신처럼.' 우리는 여기서 자기에 대한 사랑을 정당화하고 인정하는 하나의 방식을 확인할 수 있지만, 사실 나는 이 계율을 다음과 같이 해석하는 편이 낫다고 생각합니다. '너의 이웃을 또 하나의 너 자신처럼 사랑하라.' 즉 너와 마찬가지로 고유한 개성과 고유한 삶을 가진 또 하나의 주체로 사랑하라는 것입니다. 그를 흡수하면서 사랑하지 마라. 마치 이방인처럼 그를 사랑하라. 실제로 성서는 이웃에 대한 사랑을 이방인에 대한 사랑에 접근시키고 있습니다.

그리고 시몬 베유는 이방인을 우리 자신처럼 사랑해야 하기 때문에 우리 자신을 이방인처럼, 그 어떤 이방인과 똑같이 사랑해야 한다고 말하고 있습니다. 이런 상세한 설명과 함께라야

나는 자기 자신을 사랑하는 것이 거룩하고 옳고 좋은 일이라는 것을 이해하게 됩니다.

우리는 지구상의 이방인, 여행자로 남아 사랑하고 죽는 이 존재, 우리 자신에 대해 동정이 넘치고 자비로우면서도 또한 경의를 표하는 시선을 가질 수 있습니다. 우리는 인류라는 육신의 고통스러워하는 사지 가운데 어떤 하나로서 우리 자신을 사랑할 수 있습니다.

우리는 자신에 대한 이런 사랑은 자신에게 있는 보편적이고 비개성적인 것, 즉 괴로워한다는 사실, 권리가 없다는 사실, 그리고 자신을 내몰고 들볶고 짓누르는 어떤 형태의 필요성(운명이라고 말할 수도 있는)에 복종한다는 사실을 고려한 것이라고 말할 수 있습니다.

우리는 그것이 자기 안에 있는 죄지었지만 의인으로 인정된 인간, 비참하지만 용서받은 인간, 다시 말해 익명의 보편적인 인간을 사랑하고 존중하는 것이라고도 말할 수 있을 것입니다.

따라서 자신에 대한 이런 사랑은 고유한 사랑의 대척점에 있습니다. 그것은 우리가 자기 자신을 위해 가질 수 있는 어떤 형태의 특별한 우정과는 더 이상 아무런 관계가 없습니다. 자기 자신에 대한 사랑은, 카뮈의 표현에 따르면 '자기 자신에 대한 부드러운 무관심' 입니다.

우리는 살과 피, 입김과 죽음의 존재, 덧없는 그림자, 시드는 꽃에 불과합니다. 그리고 우리가 우리 자신에게 가질 수 있는 사랑, 그것은 우리 안에 있는 그런 보편적 취약함, 그런 보편적인 인류에 대한 사랑 · 동정 · 관용입니다. 하지만 그것은 또한 씨앗 · 생명력 · 발생 · 부활과 관련해 우리 안에 있는 것에 대한 사랑이기도 합니다.

우리가 우리 안에서 사랑할 수 있고, 또 사랑해야 하는 것은 우리 안에 있는 그리스도적인 것이며 '그리스도의 몸,' 고통받는 몸, 십자가에 못박힌 몸, 항상 부활하는 몸과 관련해 우리 안에 있는 그 부분입니다.

자신에 대한 이런 형태의 사랑은 배울 수 있는 것일까? 그렇습니다. 자신의 본래 특성, 자기 자신의 화법, 자신의 싸움과 열정에 충분히 지치고 싫증이 난다면 아마 그럴 수 있을 것입니다. 자기 자신을 위한 모든 이익에 지치고 물리게 되면, 그제서야 우리는 자기 안에 있는 움직임, 드라마, 그리고 인생의 행운도 사랑할 수 있습니다. 춤을 잘 추기 위한 자신의 노력과 춤추면서 제공하는 모습에 싫증난 무용수가 마치 그가 없이 이루어지는 것처럼, 자기 안에서 만들어지는 춤 동작을 사랑할 수 있는 것처럼.

그럴 때 사랑은 더 이상 자신에 대한 사랑이 아니라 자신

안에서 발생하는 생명의 움직임, 생명의 춤, 생명의 찬양에 대한 관심과 유연함이 됩니다. 그렇게 되면 나 자신의 인생도 "나의 개별적이고 영원한 지지를 받지 못하는 어떤 것으로 보입니다."(프루스트) 사실 "우리가 나라고 믿고 있는 것이 바다의 파도 형태만큼이나 외부적 상황의 덧없고 기계적인 산물이 됩니다."(시몬 베유)

우리는 우리 안에 '파도를 만드는' 것을 사랑함으로써 자신을 사랑할 수 있습니다. 마치 바다가 파도를 만드는 것이 자기 안에 살도록 내버려두는 것처럼.

사도 바울이 우리에게 "아내가 있는 사람은 아내가 없는 사람처럼, 슬픔이 있는 사람은 슬픔이 없는 사람처럼, 기쁜 일이 있는 사람은 기쁜 일이 없는 것처럼 살라"(고린도전서, 7장 29절)고 말한 것처럼, 우리는 마치 우리가 아닌 것처럼 자기 자신을 사랑할 수 있습니다.

자기 자신을 사랑하는 것, 그것은 삶, 삶의 은총, 은총에 의해 사는, 은총에 사랑을 가지고 전념하는 것입니다. 그건 마치 씨를 뿌리거나 그물을 짜지도 않고 거리낌도 신중함도 없이 거저, 무상으로 생명 · 하늘 · 빛을 누리는 것과 같습니다.

자기 자신을 사랑하는 것, 그것은 삶의 은총, 성숙해짐의 은총을 누리는 것입니다. 마치 수고하지도 길쌈하지도 않으면서,

이유도 모르면서, 이유를 묻지도 않으면서, 거저 삶의 아름다움을 누리고 즐기는 들판의 백합처럼.

자기 자신을 사랑하는 것, 그것은 그것 자체가 당신에게 주어지기 위해 주어진 자신 안의 생명을 사랑하는 것입니다. 그것은 거룩한 씨뿌리는 자에 의해 공중에서 뿌려진 생명의 씨앗처럼 자신을 사랑하는 것입니다.

희미한 미소

걸을 수 없어서 의자에만 앉아 있어야 했던 한 여인이 떠오릅니다. 그녀는 성스러운 인간의 얼굴에서 볼 수 있는 눈부신 빛으로, 내게 또 다른 숭고한 경험을 할 수 있게 해준 여인입니다.

걷는다는 것은 내가 생각하기에 밖의 세상에 대한 신뢰를 전제로 하는 것입니다. 그런데 그녀 역시 자신의 비참한 상황에도 불구하고 세상에 대한 전적인 신뢰를 가지고 있었습니다. 어찌 생각하면 그녀를 따돌린 채 피해 갔다고 할 수 있는 세상이건만…….

그녀를 생각하면, 걸을 수 있다는 능력에서 내가 느꼈던

숭고한 감정은 아마도 체질적인 충동일 뿐, 영혼과 깊은 관계를 맺고 있는 건 아닙니다.

우리들 각자는 자기 식대로 자기 몫의 삶을 연주합니다. 그런데 그녀는 나보다 훨씬 더 우아하게 그 일을 행했습니다. 나는 문을 열어 친구를 맞이하나, 그녀는 미소로써 환대했습니다. 나는 벌떡 일어났다가 사라졌다가 다시 나타나면서 친구를 대접하지만, 그녀는 오른쪽 뺨을 부풀리기도 하고, 아이를 웃기게 할 때나 가혹한 운명을 비웃는 것처럼 코를 찡긋거리며 친구를 즐겁게 해주었습니다.

나는 사물들을 깨울 수 있으리라는 소망에 여기저기를 깡충거리며 뛰어다닙니다. 그러나 그녀는 세상에 대한 감사의 마음과 호기심을 표현하기 위해서 다른 방식을 찾아내곤 합니다. 장애에도 불구하고 그녀는 여왕처럼 우아했으며, 나는 거추장스럽게 팔다리를 사용하는 굼뜬 굼벵이처럼 느껴졌습니다. 이처럼 고귀한 불행 앞에서는, 나는 감히 신을 향해 항의를 할 수도 없었습니다. 게다가 누구에게 보상을 요구할 것인가도?

오랫동안 움직이지 못하는 사람들이 더 이상 없도록 하려면, 그리고 미처 탐험하지 못한 땅들의 모든 문을 열려면 사소한 것, 사소한 일로도 충분할지 모릅니다.

결국 그것은 세상의 소란스러움을 침묵케 만들면서 어렴풋

이 나타나기 시작하는 희미한 미소, 한 문장이 시작되는 첫발음
일 것입니다.

로베르 미스라이

존재의 행복

사랑만이 줄 수 있는 존재의 기쁨과, 존재한다는 기쁨의 화려한 특성은 어디서 비롯되는 걸까요?

사랑의 강렬하고 심사숙고된 형태에서, 연인은 우선 상대에게서 '그 자신과 닮은 존재' 임을 알아봅니다. 그는 나와 같이 하나의 주체임에 따라, 나와 같은 기본적인 관점과 같은 선택에 따라 실존 속에 있음에 나와 닮았다고 확인합니다.

나는 상대를 사랑하는데, 그것은 그가 나와 닮은 현존하는 주체이기 때문입니다. 자기 도취적 열정에서처럼 그에게서 나의 이미지를 사랑하는 것이 아니라, 나는 그에게서 나처럼 실존 속에

스스로를 만드는 그 자신에 의한 그 사람인 주체를 사랑하는 것입니다.

상호 인정은 두 가지 의미에서 같은 확인을 수행합니다. 이렇게 해서 두 사람의 의식 사이에 일치와 능동적 공유가 창조됩니다. 여기서 본질적 기쁨은 나를 가치로 확증해 줌으로써 상대가 나에게 주는 안정성과 정당화에서 비롯됩니다. 그래서 이 기쁨은 나를 훌륭하게 보이게 하는 이 상대가 나와 같은 존재라는 사실로 인해 배가됩니다.

그는 나처럼 의식 있는 존재이며, 그래서 내 선택들에 견줄 수 있는 선택을 수행합니다. 그런 행복한 상호적 사랑의 풍부함은, 존재들의 유사함을 인정하는 일이 모순 없이 다른 사람으로서 상대를 확인하고 인정하는 일이 동반되는 그대로입니다.

그는 나에 의해 자립적이고 독립된 주체로서 확인됩니다. 사랑받는 존재는 그의 특수성, 그 개별적 독특함에서 인정받고 원해지며 찬미됩니다. 게다가 그는 나와 같은 선택을 자기 방식대로 자유롭게 수행하는 자유로운 존재로 놓여 있습니다. 그는 나의 선택을 자신의 것으로 확증하고, 나의 자유와 기쁨을 자신의 기쁨과 자유로 증대시킵니다.

연인의 유사함과 자립에 대한 인정은 그래서 두번째 형태의 인정이 동반됩니다. 너그럽고 반사된 사랑 안에서 연인은 상

대의 특수성을 확인하고, 그것으로 기뻐합니다.

사랑은 또한 그의 특수성 자체로 우리를 기쁘게 하는 상대의 개성에 대한 관대한 찬미입니다. 그의 '다름'은 또한 우리 사랑의 대상입니다. 이것은 그 다름이 그 자체 안에서(그의 선택, 그의 스타일, 그의 존재 방식에 의해) 소중하기 때문만이 아니라, 우리 존재와 다른 이타성이 어쨌거나 그를 인정하고 확인하기 위해 그에게로 향하기 때문입니다.

이렇게 해서 연인은 그의 유사함과 그의 특징적인 다름으로 좀더 명백하게 상냥하고 가치를 높이는 확인의 대상이 됩니다. 연인은 그의 다른 정체성과 실존적 유사성으로 상대를 확인합니다. 여기서 개인의 밀도가 비롯되는데, 이것은 완전함과 완성된 의미로 경험된 찬양이며, 우리가 본질적 기쁨이라 부르는, 사랑의 기쁨인 역동적이고 강렬한 느낌입니다.

이 본질적 기쁨에서 육체가 제외되진 않습니다. 스피노자 철학의 지복(至福)이나 우리가 묘사하는 실존적이고 심사숙고된 사랑에서도 육체가 제외되지 않으며, 의식에 의해 육체와 정신이 동시에 행해지는 확인이 아닌 기쁨은 생각할 수 없을 것입니다.

그렇지만 사랑에서 자신에 대한 의식은 종종 시적 의식입니다. 여기서 사랑의 시적 언어와 신비주의 언어 사이의 차이점과 유사점을 분석할 수 없다면, 사랑의 언어, 좀더 정확히 말해 사랑

의 발화 행위는 연인들의 신체에 대한 시적 전환이며 우주적 총체 속으로 그들이 동화되는 것이라는 점만을 알아둡시다. 육체와 개인에 대한 찬양으로서의 이런 시는 표현에 있어 극적 형식이며, 그래서 말은 기꺼이 이런 형식의 사랑을 나타내는 표현을 취하는데, 이것은 그 말이 극적인 형태의 기쁨을 말하고 전달하게 돼 있기 때문입니다.

사람들은 생 종 페르스가 사랑에 대해 '존재의 행복'으로 떠올린 것을 기억합니다. 우리는 행복의 의미와 그것의 기쁨과의 관계를 정당하게 규정하기 위해 충분히 심사숙고된 실존적인 관점에서만이 이런 표현이 그것의 전 의미를 포함한다는 것을 알 수 있습니다.

관대함과 성찰이라는 새로운 관점으로 영향을 받은 사랑만이 현존하는 경험으로서 정말 본질적이고 영구적인 기쁨을 전개시킬 수 있어서, 이 기쁨은 실제로 존재들에게 그들 실존 전체의 완전함을 부여할 수 있습니다.

그래서 행복은 존재한다는 느낌, 즉 그 자신의 실존 전체가 역동적이고 순간적이 되도록, 시간을 통해 그리고 자신의 기쁨을 통해 의식 자체에 대해 잘 알고 있는 의식의 반성률을 통해서 그에게 부여된 한 존재로서의 밀도에 도달했다는 한결같은 느낌

입니다.

가능성의 조건이며 내면의 자연이기도 한 행복의 조건은 그래서 현재에 행위와 즐거움으로 실제 경험되고, 동시에 의미와 완전함으로 존재의 전체에 확산된 본질적인 그 기쁨입니다. 행복은 현재 속에, 존재 전체 위에 본질적인 찬란하게 빛나는 기쁨을 비추는 광채이며 의미입니다.

Romance Sketch

여름,

"……그대를 잠시 본 그 순간부터 나는
더 이상 한마디 말도 할 수가 없었어요.
내 혀는 부서지고, 내 살갗 밑으로는 어떤
미세한 불길이 스며들어 내 눈은 보지도 못하고,
내 귀는 윙윙거리며,
온통 땀으로 적셔진 내 몸은
갑작스런 전율에 사로잡혔어요.
나는 풀잎보다 더 파랗게 되어
곧 죽을 것만 같았어요."

(사포)

괴테

가시 허리띠

가련한 이여, 나는 바보가 아닌가.

나는 내 자신을 속이고 있습니다. 끝도 없이 이어지는 광폭한 이 열정은 과연 무엇일까요?

나는 지금 그녀를 생각하는 마음말고는 아무것도 생각할 수가 없습니다. 그녀의 자태 이외에는 아무것도 상상할 수가 없습니다. 내 주위에 있는 것은 모두가 그녀와 관련이 있는 것처럼 보이고, 또 그렇게 생각해야만 나는 즐거운 시간을 얻을 수가 있습니다. 적어도 또다시 그녀와 헤어질 때까지는.

오늘도 그녀와 헤어져야 한다는 것이 서글퍼집니다. 그녀

의 옆에 걸터앉아 두세 시간을 보낼 때면 나는 완전히 긴장한 채 그녀의 자태와 숭고한 이야기에 마음을 빼앗기고 맙니다. 눈앞이 캄캄해지고 아무 소리도 들리지 않습니다. 목에 맨 줄은 자객의 손에 걸린 것처럼 꽉 조여지고, 심장은 거칠게 고동칩니다. 닥쳐오는 감각을 부드럽게 하려고 애써 보지만, 내 마음의 교란은 점점 더 심해져 갈 뿐입니다.

내가 살아 있다는 자체를 느끼지 못한 적도 여러 차례 있었습니다. 그녀의 손에 매달려서 실컷 우는 것으로 그런 마음을 씻어 버리려 해도 고민은 줄어들지 않고, 그녀가 이 허망한 위안조차도 허락하지 않을 때에는 그냥 그곳을 나와 버립니다. 그렇게 나와 버리지 않고는 견딜 수가 없기 때문입니다.

그러고는 너른 들판을 헤매고, 험악한 산으로 올라가 버립니다. 길 없는 숲이나 앞을 가로막는 울타리나 옷을 잡아 찢는 가시덤불 사이를 헤치면서 좁지만 새로운 길을 내며 가는 것이 차라리 즐거워집니다. 그렇게 하면 조금 진정이 되고, 마음도 가라앉게 됩니다. 또 피로와 배고픔 때문에 도중에 발을 멈춘 일도 몇 번 있었습니다.

벌써 밤도 깊어져 높이 솟아오른 만월이 머리 위에서 비치고, 상처가 난 발바닥의 아픔을 가라앉히려고 쓸쓸한 숲 속의 구부러진 나무 위에 걸터앉아 하늘이 훤해지기 시작할 무렵까지

잠들어 버린 적도 있었습니다.

조그만 헛간 속의 고독한 생활과 털옷과 가시 허리띠는 내 영혼이 갈망하는 청량제입니다. 무덤 속에 들어가지 않는 한 이 불행한 생애가 계속되리라는 생각마저 듭니다.

첫눈에 반한 사랑

합리적인 시각으로 볼 때 첫눈에 반한다는 것은 커다란 신뢰를 부여할 만한 일이 못 되지만, 그렇다고 합리성이 정확한 판단을 이끌어 낸다고 할 수도 없습니다.

누군가를 사랑한다는 것은 상대의 개성에 입각해서 그를 사랑하는 것인데, 인간의 개성이란 표면상으로 드러나지 않고 내면 깊은 곳에 자리한 것으로 은밀하면서도 비밀스런 속성에 속합니다.

따라서 우리가 호감을 느끼는 것은 개인의 도덕적 가치와는 무관한 표면적인 외양일 것입니다. 사실 그 단계를 거친 후 비

로소 상대의 가치를 정확하게 판단할 수 있습니다. 교조주의적 성향을 지녔으며, 첫 만남부터 사랑에 빠지는 행위를 옹호하는 사람들은 그리 설득적이지 못합니다.

그들은 불현듯 떠오른 영감을 거론하기도 하지만, 그에 대한 실제 검증 작업에는 전혀 관심을 두지 않습니다. 그들의 주장은 우리가 이 사람 또는 저 사람과 운명지어져 있으며, 수많은 인간들 사이에서 기적적으로 자신의 운명의 상대를 알아본다는 것입니다. 그 옹호자들은 자신의 육체와 영혼에 커다란 반향을 일으키는 상대가 누구인지 파악하는 일에 있어서 무던히 참고 기다리는 행동을 허용하지 않습니다.

그렇다면 상대의 외모와 실체는 서로 일치하지 않을 수도 있다는 사실을 이유로 그런 주장을 하고 있는 것인가? 아니면 상대가 자신들을 감정의 혼란에 빠지게 하고 황홀케 하는 그 어떤 매력을 즉각적으로 발산하기 때문인가?

운명이란 말을 논해 보면, 자신들만이 유일하게 그 마술적인 향기를 들이마실 능력을 소유하고 있다면 모르겠지만, 그 향기의 발산이 주위의 모든 사람들에게로 확산되지 않는 사실에 대해선 어떻게 설명할 수 있는가? 그러므로 그같은 귀중한 능력을 소유한 자들은 그 추종자들에게만 에워싸여 숭배를 받아야 함이 마땅할 것입니다.

타인에게서 호감을 사는 행위, 심지어 지나칠 정도로 호감을 사는 행위는 진정으로 열정의 순간을 만끽할 준비가 되어 있거나, 상대 이성을 사랑할 태세를 갖추는 것만으로는 충분치 않습니다. 격정 상태에서는 감정과 마음의 표현이 과장되기 마련입니다. 그처럼 흥분 상태에 처할 때, 상대에게 홀딱 마음을 빼앗기기 전에 정신을 바짝 차리고 마음의 경계를 강화하는 것이 타당할 것입니다.

사람들은 그런 상황에서 흔히 나타나는 환각이 허망한 것만은 아니라고 응수하면서 마음을 빼앗기지 않으려는 경계 태세를 비난할 수 있습니다. 환각 상태로 빠져들게 되는 수많은 경우들을 살펴보면, 환각의 확산력이 충분히 이해됩니다. 예를 들면 인생에 큰 의미를 부여한다든지, 혹은 현기증을 일으킬 정도로 감미로움을 맛본다든지, 어떤 사건으로 인해 겪는 고통에서 헤어나오기 위함이라는 등등의 많은 동기가 존재합니다.

만일 첫눈에 사랑에 빠지는 것이 실현 가능한 일이라면, 단순한 반감 그 이상의 감정인, 첫눈에 품게 되는 증오 또한 발생하지 말라는 법은 없을 것입니다. 대개 우리는 오랜 시간을 통해서 상대가 우리와 친밀한 관계를 맺을 수 있는 사람인지를 파악하게 됩니다. 결론적으로, 완전 부정에 해당되지 않는 감정은 긍정적인 감정이라고 말할 수 있습니다. 첫눈에 반하는 열정적인

행위는 감정의 초자연적 발현을 의미하는 것이기에, 그것이 우리에게 커다란 고통을 가한다든지, 아니면 평균 수준 이상으로 마음을 흥분케 해야 할 것입니다.

나는 오히려 몇몇 신비주의자들이 스스로 단련하는 고행에 관한 서적들을 접하면서 이같은 심적 흥분을 경험한 바가 있었습니다. 샹탈 토마스는 어느 신비주의자가 자행한 고행을 잔인하고 세밀하게 묘사하고 있습니다. "독일의 신비주의자인 하인리히 수조는 단검을 자신의 가슴에 갖다대고 칼끝을 어느 정도의 깊이까지 찔러넣었다. 그는 단검을 위아래로 여러 번 그어대더니, 마침내 'ISH(구세주 그리스도)' 라는 글씨를 자신의 심장에 새겨넣었다. 그는 그렇게 만들어진 사랑의 상처와 더불어 오랜 시간을 보냈다. 마침내 'ISH' 라는 글자가 자신이 의도한 대로 심장 표면에 선명한 자국을 남겼다. 그렇게 해서 자신의 심장이 뛸 때마다 새겨진 글씨 또한 함께 고동쳤던 것이다."

나는 혹독한 고통을 스스로 찾아나서는 사람들에게 그 정도까지 잔인한 방법을 권유하진 않겠습니다. 방금 언급했던 사랑의 극단적인 격정을 인간적인 차원으로 전환해 봅시다.

어떤 이가 자신의 심장은 오로지 사랑하는 연인을 위해서만 고동친다고 맹세할 때, 그 맹세는 단순히 은유적 표현에 불과한 것입니다. 하인리히 수조가 그런 방식으로 사랑을 호소했더라면

물론 그것을 의심해 봐야 할 여지가 있겠지만. 이미 황홀경을 경험한 그 신비주의자는 이름 없는 격한 고통과 달콤함을 구별하지 못하기 때문입니다. 극단적인 고행자들은 쾌락과 고통을 맛보는 행위를 끊임없이 반복하는데, 그것은 그들이 그토록 자랑스러워하는 무감각적 도취 상태에 도달하지 못했기 때문입니다.

나는 격정의 발생 순간이 아닌 소멸의 순간에 급격한 고통을 겪게 되는데, 그것은 겉으로 표출되기도 하고 가슴으로 경험되기도 합니다. 상대로부터 이별 선언을 통고받은 사람은 결코 해소되지 않는 중압감에 짓눌린 표정을 짓게 되고, 그 표정은 그대로 굳어져 버리게 됩니다. 가련한 억지웃음만이 운명적으로 일어난 참담한 이별에 덤으로 보태집니다.

그리고 그의 얼굴은 곧바로 좌절감으로 수척해집니다. 인간의 얼굴을 구성하는 이목구비들이 그토록 사소한 일로 인해 흉물스런 살덩어리로 변해서 겨우 안면에 달랑 붙어 있는 모습을 보는 것은 참으로 안타까운 일이 아닐 수 없습니다. 달콤하고 어설픈 사랑의 밀어로 채워졌던 마음을 비우는 것 또한 수치스러운 일입니다. 그때서야 타인들을 고문하는 임무를 맡은 형리들의 고충이 어떤 것인지 깨닫게 되는 것입니다.

낙심으로 크게 일그러진 얼굴을 쉽게 상상해 볼 수 있는데,

그것은 사랑에 빠졌다가 버림받은 사람의 얼굴로, 뿌연 황금빛 먼지를 등지고 있는 찬란한 모습보다도 더욱 오랫동안 생생하게 기억될 것입니다.

운명적으로 짝지어진 두 남녀의 기적적인 만남이란 있을 수 없는 것입니다. 그들을 황홀한 사랑에 빠지게 하고, 서로의 품에 안기게 하거나, 혹은 상대에 대한 그리움이나 잔인한 이별에 종지부를 찍게 하는 자연의 힘이란 존재하지 않는 것입니다. 만일 그런 환상적인 일이 실제로 일어날 수 있다면 더 많은 사람들이 운명적인 사랑을 믿고, 그 사랑은 더욱 확산되어야 하지 않을까요?

운명적인 사랑에 대한 일반 사람들의 견해에 의하면, 방황하는 여러 날들이나 별 효과를 내지 못하는 구애 행위, 혹은 유쾌하지 않은 사소한 다툼이나 사랑하는 사람에게로 향했던 수많은 발걸음 등으로 점철된 지리멸렬한 삶에 활력소를 부여한다고들 말합니다. 책(특히 소설책) 한 권의 수많은 책장들을 장식했던 지루한 일요일들과 우울한 날들은 더 이상 존재하지 않게 된다고 합니다.

그렇지만 실제 이루어질 가능성이 없는 운명적인 사랑으로 굳이 우리 삶에 의미를 부여할 필요가 있는가? 진정한 삶이란 삶의 계획을 세우고, 그에 따라 일상을 살아감으로써 획득되는 것

으로서, 즉 타인들과 대화를 나누고, 또 그대로 흘려보낼 수만은 없는 많은 현실과 부딪치면서 살아가는 것을 의미합니다.

마찬가지로 글쓰는 작가 또한 자신의 생각을 지면에 옮겨 적는 행위를 통해서 작가로서의 의미를 얻게 됩니다. 실제로 작가의 글에 의미를 부여하는 것은 바로 인생 자체인 것입니다. 그런 방식으로 표출된 작가의 글은 경계해야 할 불온한 사상처럼 보이진 않습니다. 오히려 독자들은 그런 작가의 글과 더불어 방황하기도 하고, 아름다운 집을 함께 건설해 나가기도 하는 것입니다.

어떤 이들은 삶의 어느 한순간에 사용될 수도 있는 인생 담보물에 기대를 걸지 않습니다. 그 이유는 그들이 인생의 우연성과 불예측성을 그대로 수용하기 때문입니다. 그들은 매순간 우연적이고 불예측적인 삶에 직면하게 되며, 다행히도 최선의 노력을 쏟아부으며 인생을 헤쳐 나가는 것입니다.

나는 어느 누구와도, 그 무엇과도 숙명적인 인연을 맺고 있지 않습니다. 그 무엇에도 구속되지 않은 나는 끝없이 드넓은 대양과 마주서서 맛보게 되는 도취감과 흡사한 감동을 얻게 됩니다.

하지만 우리는 그 수평선의 끝이 어딘지 알 수가 없습니다. 나는 그로 인해 종종 막연한 불안감을 느끼곤 하는데, 그 까닭은 내가 최악의 상황에 처하게 될 수도 있고, 혹은 무가치한 것에 매

혹되거나 악한 유혹에 빠지기도 하고 불가능한 일을 가능한 일로 착각하는 일이 발생할 수도 있기 때문입니다. 그런 강력한 유혹에 대한 경계는 내 스스로가 끊임없이 견지해야 하는 것이고, 너무 쉽사리 허무에 빠져들지 않도록 폭풍우와 같은 혹독한 상황 속에서도 냉철함을 유지해야 합니다.

정열에 불타는 사람들은 운명적 사랑이라는 특권을 시혜받은 사실에 매우 자랑스러워하는데, 하지만 그것을 진정한 행운이라고 말할 수 있을까요? 특권이란 것은 그것이 무엇이든간에 의심할 만한 소지를 남기게 됩니다.

나는 내 자신을 내 운명의 주관자로 생각합니다. 내 운명은 평범한 삶을 살아가는 것이지만, 어쨌든 그것은 바로 내 삶인 것입니다. 이런 건방진 표현은 앞으로 좀 더 자제하겠습니다. 물론 나 자신도 내 삶 속에 행운이 찾아들 때는 그 행운을 그대로 받아들입니다. 그렇지 않다면 문전 혼전중 어쩌다 골을 넣어 득점을 올린 선수에게 불만스런 태도를 취할 것을 요구하는 것과 다름없습니다. 그처럼 나는 많은 일에서 행운의 도움을 받은 것 또한 사실입니다.

사랑에 빠진 사람들은 자신의 '나머지 반쪽' 을 찾는 동안 겪었던 엄청난 외로움에서 마침내 벗어나게 된 사실에 매우 흡

족해합니다. 그들이 맛보는 환희란 잘려나간 팔다리를 기적적으로 소생시킨 자의 환희와 다를 바 없습니다.

하지만 그런 결합은 무엇을 의미하는가? 그것은 세상 밖으로 나오기 전, 자궁 속에 머물러 있는 태아 상태로의 회귀를 의미하는가? 폴 발레리는 언어의 경제성과 일관성이라는 원칙과 관련해서 "우리의 관심은 다양성에서 단일성으로 옮겨져야 한다"고 했습니다.

내 사견으로는 혼돈 상태의 다양성에서 행복·다중적인 다양성으로 이행되는 것이 오히려 바람직할 것 같습니다. 인간의 목소리는 수천 가지의 음색을 아름답게 발산해 내지 않던가! 인간의 육체 또한 수천 가지의 행동을 표현해 낼 수 있지 않던가!

첫눈에 반하는 행위를 다른 각도에서 분석해 봅시다. 첫눈에 반하는 사랑은 외로움이라는 저주에 신음하는 두 남녀의 결합이 아니라, 눈이 멀 정도의 모진 고통을 겪은 후 상대의 갑작스런 출현으로 인해 갖게 되는 심적 흥분 상태를 의미하는 것입니다.

그래서 어느 종교의 유일신은 떨기나무의 불꽃으로, 두려움과 환희가 교차하는 가운데 불어닥치는 돌풍이나 혹은 감지할 수 없을 정도의 민첩한 미풍으로 형상화되곤 했습니다. 하지만 우리는 평탄한 길을 선호합니다. 우리는 타인에게 우리의 방식대로 옷을 입기를 강요합니다. 우리는 주저함 없이 그 거대한 피상 속

으로 들어가서, 그처럼 타인에게 옷을 입혀 멋진 모습을 공개하는 것입니다. 그날 우리는 들고 있던 쇼핑백을 내려놓고 긴 한숨을 쉽니다. 우리 본연의 모습이 아닌, 또는 자신과는 전혀 다른 모습으로 변모하게 된 삶에 종지부를 찍게 되는 것입니다.

롤랑 바르트

알 수 없는 것

알 수 없는 대상 때문에 자신을 소모하고 동분서주하는 것은 순전히 종교적인 행위입니다. 그 사람을 하나의 해결할 수 없는 수수께끼로 만든다는 것은, 거기에 내 일생이 걸려 있는, 곧 그를 신으로 축성하는 것이나 다름없습니다. 나는 그가 던지는 질문을 결코 풀어헤칠 수가 없습니다. 사랑하는 사람은 오이디푸스가 아닙니다. 따라서 내게 남은 일이라곤 내 무지를 진실로 바꾸는 일뿐입니다.

사랑하면 할수록 더 잘 이해하게 된다는 말은 사실이 아닙니다. 사랑의 행위를 통해 내가 체득하게 되는 지혜는, 그 사람은

알 수 있는 사람이 아니라는 것, 그러나 그의 불투명함은 어떤 비밀의 장막이 아닌 외관과 실체의 유희가 파기되는 명백함이라는 것입니다.

그리하여 나는 미지의 누군가를, 그리고 영원히 그렇게 남아 있을 누군가를 열광적으로 사랑하게 됩니다. 신비주의자적인 움직임.

나는 알 수 없는 것의 앎에 도달합니다.

프랑수아 드 라 로슈푸코

사랑과 바다

사랑과 바다의 변덕스러움에 대하여 이야기하고자 했던 이들이, 곧잘 사랑을 바다에 비유하면서 많은 것을 말해 왔기 때문에 더 이상 덧붙일 것이 없을 정도입니다.

그들의 표현에 따르면 사랑과 바다는 잠시도 마음을 놓을 수 없는 변덕스러운 것이며, 장점도 헤아릴 수 없이 많지만 단점도 그에 못지않게 많습니다.

또한 가장 행복한 항해의 순간도 온갖 위험을 각오해야 하고, 폭풍과 암초가 곳곳에 도사리고 있으며, 때로는 항구에서 좌초되기도 합니다.

이처럼 그들은 사랑을 바다에 비유하며 희망과 두려움에 대해 많은 것을 말하였지만, 내 생각에는 무력증에 빠진 따분한 사람과 그 종말에 대해서, 또한 사랑의 과정에서도 닥칠 수 있는 권태로운 평온함에 대해서는 충분히 말한 것 같지 않습니다.

누구나 오랜 항해에는 지치게 마련입니다. 그리하여 서둘러 항해를 끝내고 싶어합니다. 육지가 저 앞에 보이지만 바람이 부족해 그 육지에 다다를 수가 없습니다. 그 와중에도 모진 풍랑과 싸워야 합니다. 질병과 무력감에 선뜻 움직이기도 힘듭니다. 마음의 위안을 얻기는 더더욱 힘듭니다.

마침내 눈에 보이는 모든 것에 싫증을 냅니다. 언제나 똑같은 생각으로 살아갑니다. 언제나 근심에 사로잡힌 모습입니다. 매일 똑같은 망망대해, 아니 똑같은 얼굴을 볼 수밖에 없습니다. 살아 있는 것이 원망스러울 지경입니다. 고통스럽고 따분한 상태를 벗어날 꿈을 키워 보려 하지만 부질없는 꿈일 따름입니다.

인간을 인간 이상으로 만들어 주는 것

"얘야, 우리가 누구보다 사랑하는 사이라는 사실을 잊지 마려무나." 그는 전화선을 통해 내게 속삭였습니다.

당시 나는 열다섯 살이었습니다. 쥐비알은 사랑에 빠져 있었습니다. 이번에 그 대상은 어머니였습니다. 그의 몸은 전이된 암종으로 부어 있었고, 면역 체계는 극도로 약해져 있었습니다. 내가 지독한 감기에 걸려 있었으므로 우리는 서로 만나 볼 수도, 직접 이야기를 나눌 수도 없었습니다. 감기가 옮기라도 하면 그의 지친 몸은 치명적인 타격을 입을 터였습니다. 따라서 우리는 같은 아파트 안에 있었음에도 불구하고 얇은 벽을 사이에 두고

전화로 이야기를 나눌 수밖에 없었습니다. 그는 어머니를 향한 자신의 열정에 대해, 자신에게 영원을 미리 맛보게 해주고, 어머니를 자신의 정부로 남을 수 있게 해준 그것에 대해 내게 들려주었습니다.

그때 어머니는 내 방에서 옷가지를 정리하고 있었습니다. 나는 손짓으로 어머니를 가까이 오게 한 다음 또 다른 수화기를 내밀었습니다. 그 전화기에는 듣기 전용 수화기가 딸려 있었던 것입니다. 그리하여 어머니는 아내의 진정한 모습 앞에서 감동을 느끼고, 지금도 처음 볼 때처럼 가슴이 두근거린다고 설명하는, 죽어가는 환자의 신나는 음성을 직접 들을 수가 있었습니다.

그는 나에게 그녀는 자신의 나침반, 자신의 희망 같은 존재라고 이야기했습니다. 그녀는 그가 영원히 발견해야 할 그의 신대륙이었습니다. 마흔세 살짜리 소녀의 실상을 언젠가는 알아내고 싶은 꿈을, 그녀를 있는 모습 그대로 사랑하는 동시에 끊임없이 그녀를 꿈꾸고 싶은 욕구를 그는 털어놓았습니다. 자신의 상상력을 통해 어머니에게 결여된 자질을 채우려 하는 것이 아니라고 그는 내게 설명했습니다. 그랬습니다, 상상이라는 직관적 인식의 도구를 통해 그는 어머니에게 그런 자질들이 없는 것이 아니라, 드러나지 않을 뿐이라고 여길 수 있다는 것이었습니다.

자기 아들의 아버지로부터 갑자기 그런 뜨거운 사랑의 고백을 들은 어머니는 울기 시작했습니다. 완벽한 순간이었습니다. 성스러운 행복감이 나를 휩쌌습니다. 어떤 섭리가 그 두 연인을 이어 주는 지위를 내게 부여한 것일까요. 그 일은 내게 사라지지 않는 기쁨으로 남아 있습니다.

열다섯 살 때, 나는 직접 사랑한다는 말을 듣는 것보다 누군가에게 나를 사랑한다고 말하는 것을 듣는 것이 더 아름답다는 사실을 배웠습니다. 한 여자를 꿈꾼다는 것이 실제의 그녀를 귀하게 만드는 방법이 될 수 있다는 것, 내 존엄성은 남편이 되는 데 있는 것이 아니라 연인이 되는 데 있다는 것, 자기 자신이 되기 위해서는 여자들이 들려 주는 말을 귀담아듣는 것 외에 다른 방법이 없음을 배웠습니다.

비난을 통해 여자들은 우리로 하여금 길을 잃지 않도록 해 주는 것입니다. 그들이 원하는 것이야말로 우리를 인도해 주는 지침임을 나는 알게 되었습니다. 사랑하는 것이야말로 우리를 우리 이상으로 만들어 주는 유일한 행위라는 사실을.

나를 지지해 주는 이런 확신들을 나는 20세기 최고의 난봉꾼이었던 그 사내에게서 배웠습니다. 내가 그의 아들이라고 말할 수 있는 것은 같은 유전자를 가지고 있어서라기보다는 같

은 가슴을 지니고 있어서입니다. 요컨대 이런 유전을 통해서 이 세상 모든 사람이 쥐비알의 아들이 될 수 있는 것입니다.

진 실

그 사람은 내 재산이자 내 지식입니다. 나만이 그를 알고 있으며, 나만이 그를 진실 속에 존재케 합니다. 내가 아닌 그 누구도 그를 알지 못합니다.

"이렇게 혼자만이, 이렇게 진정으로, 이렇게 전적으로 그를 사랑하고 있는데, 그 이외에는 어느 누구도 모르고 아무것도 알지 못하며 아무것도 가진 것이 없는데, 어떻게 다른 사람이 그를 사랑할 수 있고, 또 사랑할 권리가 있는지 나는 때때로 이해할 수가 없습니다."

또는 반대로 그 사람이 나를 진실 속에 자리잡게 하며, 그

사람과 함께 있을 때에만 나는 '내 자신임' 을 느낍니다. 나는 다른 모든 사람들보다도 더 내 자신을 잘 압니다. 그들은 내가 사랑하고 있다는 것은 모르기에.

토니 아나트렐라

사랑은 삶의 원천

나는 청소년들이나 젊은이들이 단지 어떤 감정적 경험 속에 있는 경우에도 사랑의 관계 속에 있다고 믿음으로써 애정 생활의 어떤 환상 속에 흔히 연루된다는 사실을 언급하고 싶습니다. 심리적으로 자율적이 되기 어려울수록 이런 종류의 관계에 더 집착합니다.

우리는 융합되고 의지되는 관계에 안주함으로써 그들 자신에 대해 안심하려고 노력하는 청소년 커플들에게서 이런 행동을 자주 목격합니다. 대개 이런 관계는 일시적이며 이별에 이르는데, 그 이별의 이름으로 헤어지는 커플들은 남과 달라야 하고, 그

들만 그래야 하는 필요성을 요구합니다.

어떤 이들은 상처받은 채로 남으며, 이런 감정적 실망으로 인해 사랑에는 그들이 발견할 만한 대수로운 것이 없다고 믿게 될 우려가 있습니다.

실제로 그들은 그들의 욕망의 단계들을 융합하며, 그들이 경험하는 관계와 애착을 내면화해서 그들 자신의 내면에 건설할 줄을 모릅니다. 이것은 그들이 그들의 감정의 본질을 확인하고, 그것과 유아의 감정을 구별하는 데 어려움을 겪는 것과 마찬가지입니다.

다른 커플들은 그들의 감정 생활을 완성할 줄 모르기 때문에 감정의 변화에 따라 더 조작적인 방식에서, 그리고 때로는 감동의 빈곤 속에서 행위로의 이행에 들어갈 우려가 있습니다. 강렬한 감정을 느끼기 때문에 사랑하는 것으로 믿음으로써 관계는 오해의 원천이 됩니다. 이런 감정이 반드시 사랑을 나타내는 것은 아니며, 행복을 나타내는 것은 더욱더 아닙니다.

이때 이런 질문이 제기됩니다. 관계를 맺는 법, 사랑하는 법을 어떻게 배우나? 이 질문에 대한 대답이 중요한 것은 사랑은 타인, 타인들과 함께하는 수많은 기쁨들, 수많은 자기 실현의 길을 열기 때문입니다. 사랑은 삶의 원천입니다.

위베르 오크

타인을 받아들이기 위해

타인을 받아들이는 것은, 그들이 나와 다르다는 것을 인정하는 것입니다. 이타성이 인정되지 않고 타인과 관계를 맺는 것은 사실상 불가능한 일입니다.

첫번째 근본적인 차이는 성별의 차이입니다. 내가 무엇보다 먼저 고려한 것은 그녀입니다. 남성에게 여성은, 여성에게 남성은 근본적으로 다른 상대방입니다. 이 다른 상대방은 나의 성 안에서 사는 나의 방식에 끊임없이 다시 질문을 던집니다. 만일 내가 그것을 거부하면 나는 관계에 대해 문을 닫는 것입니다.

내가 어떻게 타인을 받아들이는가를 알기 전에 나는 어떻게 나 자신을 받아들이는지, 그리고 나의 이미지와 어떻게 관계맺고 있는지를 알아야 합니다.

나는 과거의, 내 부모의 욕망의 귀결입니다. 내 존재의 현실은 나의 부모로 하여금 그들이 내게 씌웠던 상상과 대면하지 않을 수 없게 만들었습니다. 차차 나는 다른 상상들과 조우하였으며, 마침내 나를 가지고 만든 이미지 역시 영향력을 갖게 될 것입니다.

따라서 일생 동안 나는 사람들이 나를 두고 만든 이미지를 받아들이는 법을 배우게 됩니다. 내가 받아들이거나 거부한 이미지와 함께. 나는 실현할 수 없는 나의 계획들, 나의 소원들, 나의 요구들에 의해 흔히 옮겨지지 않던가? 자기애적 상처라고 부르는 것은 이런 간격을 잘 표현합니다.

나는 평준화하기보다는 차이를 줄이기를 희망합니다. 그래서 '나는 네가 타인이기 때문에 네가 미워, 너를 죽이고 말겠어!' 라고 말하는 극단으로 치닫는 것을 막으려고 노력하기를 바랍니다.

우리는 언제나 그 대화 상대가 누구냐에 따라 달리 사용하는 여러 가지 면들을 가지고 게임을 합니다. 타인들이 우리를 받아들이고 좋아하도록 노력하면서 우리 생각에 긍정적으로 받아

들여질 것 같은 이미지를 제공합니다. 여자를 꼬이는 남자의 거짓말이 그런 경우입니다.

복음서는 회심, 자신으로의 복귀 과정을 제안합니다. 방탕한 아들의 비유 안에서 이야기되고 있는 것도 그것입니다. 그것은 진정한 탐색에 특권을 부여합니다. 우리는 이런 탐색이 찬양할 만한 것임에도 불구하고 실현하기는 어려운 계획이라는 것을 잘 알고 있습니다.

하지만 그것을 시도하지 않는 것은 결국 자신의 반대 존재와 동일화되는 것입니다. 정신요법의 목표와는 거리가 먼 정신분석도 같은 과정을 제안합니다.

자신의 한계를 알고 그것을 받아들이는 것이, 타인을 받아들이는 법을 배우기 전에 첫번째로 거쳐야 할 단계입니다.

커플, 둘이 함께하는 삶

어떤 미국인 학자의 표현대로 '산더미 같은 자료들'은 커플로서의 생활이 행복감과 매우 강한 상관 관계가 있다는 것을 지적하는 듯합니다. 이번에도 역시 두 가지 가설이 우세할 수 있습니다. 즉 행복한 사람들은 다른 사람들에 비해 더 매력적이고, 파트너를 구하기도 더 쉽습니다.

또는 둘이 함께하는 삶이 행복할 수 있는 능력을 증가시켜 줍니다. 대다수의 전문가들은 이 두번째 특권이 가장 빈번하게 나타나는 것으로 간주하고 있습니다.

따라서 커플은 행복을 위해 유리한 조건입니다. 단 이때 두

가지 조건을 갖추어야 합니다.

• 평등(배우자의 행복에 대한 염려 안에서 진정한 상호성과 상호간의 존중)

• 친밀함(성, 대화, 공동 계획과 여가 등 만족감을 주는 교환을 토대로 한)

커플이 각자 혼자서도 도달할 수 있는 행복을 증대시키려면 이 두 가지 조건은 필수적입니다.

그런데 현대를 살아가는 커플의 배는 이미 너무 많은 짐을 실은 것이 아닐까요? 지난날에는 사람들이 인생의 불행들(가난, 고독, 독신자에 대해 부정적인 사회적 편견 등)을 피하기 위해 결혼한 반면, 오늘날 사람들은 결혼 안에서 행복을 찾으려 합니다. 물론 이것이 항상 성공하는 것은 아니며, 그래서 이혼율은 증가하고 있습니다.

그것은 오늘날의 배우자들이 과거의 배우자들보다 더 참을성이 없어서가 아닙니다. 사실은 아마 그 반대일 것입니다. 서구 사회의 변화가 남성들을 덜 독재적으로 만들었고, 가정에 틀어박혀 사는 삶에 의해 욕구불만을 일으키는 여성들의 수도 줄었기 때문입니다.

변한 것은 배우자들의 기대입니다. 다시 말해 행복해지려는, 그리고 특히 결혼 또는 두 사람이 함께하는 삶에서 이 행복을

기대하는 개인들의 갈망과 함께 이혼 사유도 변하고 있습니다.

이혼의 유행을 설명하는 요인들은 물론 많지만(간통에 대한 사회적 관용의 증대, 늘어난 유혹들, 급속도로 번져 가는 개인주의……), 부부 안에서의 행복에 대한 기대는 충족될 때보다 실망할 때가 많으며, 이것이 정신과 의사들이 자주 듣는 불평입니다. 독신자들, 그리고 거리를 둔 부부 생활, 또는 일부의 시간만을 함께하는 부부 생활의 옹호자들은 거기에서 위안을 찾습니다…….

그러면 이 모든 것 안에 사랑이 있을까요?

대부분의 사람들에게 사랑에 빠지는 것은 행복을 안겨줄 수 있는 사건으로 머릿속에 그려집니다. 이는 감정으로서의 행복의 경우에는 사실일지 몰라도 건설하는 행복의 경우에는 불확실합니다.

'사랑만으로는 충분치 않다!'

이는 몇 해 전 미국의 저명한 정신과 의사가 펴낸 부부 생활에 관한 책의 제목입니다. 그는 부부가 첫눈에 반한 그 시기에 행복할 뿐 아니라 지속적으로 행복하기 위해선 포기, 상대방에 대한 염려, 갈등의 효과적 관리와 같은 다른 현상들이 연이어 나타나야 한다고 보았습니다.

부부 문제를 다루는 정신과 병원의 대기실에는 서로 사랑하면서도 서로에게 상처를 주고, 함께 사는 법을 모르는 사람들

로 가득 차 있습니다. 게다가 만일 당신이 독신자로서 적당히 행복할 수 있는 능력이 없다면, 구속으로 가득 찬 부부 생활에서 어떻게 더 행복할 수가 있겠습니까?

사랑의 성찰

사랑한다는 것은 좋은 것입니다. 그것은 사랑이 어렵기 때문입니다. 인간이 인간을 사랑한다는 것, 이것은 어쩌면 우리에게 주어진 가장 어려운 것, 궁극적인 것, 최후의 시련이자 시험으로서, 다른 모든 일은 단지 그것을 위한 준비 작업에 지나지 않을 것입니다. 그러므로 모든 일에 있어서 초보자인 젊은 사람들은 아직 사랑을 할 수가 없습니다. 그들은 그것을 배우지 않으면 안 됩니다. 고독하고 불안하지만, 모든 것을 걸고 위로 향해서 맥박치는 심장 주위에 집중된 온 힘을 다하여 그들을 사랑하는 법을 배우지 않으면 안 됩니다. 그러나 학습 기간은 언제나 길고 고립된 시기입니다.

그러므로 사랑한다는 것은 개개인에게 있어서 성숙하는 것, 자신의 내부에서 무엇이 되는 것, 세계가 되는 것, 다른 한 사람을 위해서 그 자신이 세계가 되는 것에의 숭고한 동기입니다. 개개인에 대한 크고 엄청난 요구입니다. 그를 선택하여 광대한 것에 초빙해 가는 그 무엇입니다. "과제로서 자기 자신을 만든다, 밤낮 없이 귀를 기울이고 망치로 친다"는 그런 의미에서만, 젊은 사람들은 그들에게 주어진 사랑을 사랑해도 좋은 것입니다. 몸을 개방하고 바치는 것이라든가 하는 모든 종류의 결합은 젊은 사람들을 위한 것이 아니고——그들은 아직도 긴긴 세월을 저축하고 모으지 않으면 안 됩니다——궁극의 것입니다. 그것은 아마도 인간의 생활이 현재로는 아직 도달할 수 없는 것이 아닌가 합니다.

그러나 젊은 사람들은 이 점에서 매우 자주, 매우 심하게 과오를 범하고 있습니다. 인내심이 없다는 것이 특징이기도 한 그들은 사랑이 그들을 엄습할 때 서로 몸을 내던지고, 난잡과 무질서와 혼란 속에 있는 자신을 흩뿌려 버립니다……. 그러나 그 결과는 어떻게 되겠습니까? 그들이 그들의 결합이라고 부르고, 가능하면 그들의 행복, 그들의 미래라고도 부르고 싶어하는 이 반쯤 부서진 더미를 향하여 인생은 어떻게 되겠습니까? 그 경우

한 사람은 다른 한 사람 때문에 자기를 잃고, 또 그 상대를 잃고, 그리고 앞으로 오려고 하는 많은 사람들도 잃어버립니다. 그리고 넓이와 가능성을 잃고 희미한 예감에 찬 사물의 접근과 도피를, 더 이상 아무것도 올 희망이 없는 비생산적인 흥분과 교환해 버립니다. 남은 것이라고는 약간의 혐오와 환멸과 빈곤밖에 없고, 일반적인 도피처의 움막처럼 이 위험한 길바닥에 수없이 설치되어 있는 많은 인습 중의 하나로 도피할 수밖에 없습니다. 인간 체험의 그 어떠한 영역도 이 사랑의 영역만큼 인습을 갖춘 것은 없습니다. 여러 가지로 고안된 구명대와 보트와 부대가 있습니다. 사회의 통념은 갖가지 종류의 피난처를 만드는 법을 알고 있습니다. 왜냐하면 사회는 사랑의 생활을 하나의 오락으로 보는 경향이 있으므로, 그것을 공동의 오락처럼 손쉽고 값싸고 위험이 없는 안전한 것으로 만들 필요가 있었던 것입니다.

물론 그릇되게 사랑하고 있는, 즉 간단히 몸을 바치고 고독하게 사랑할 줄 모르는 많은 젊은 사람들——대개의 사람들은 언제나 그러한 곳에 머물러 있습니다만——도 과오의 중압감을 느끼고는 있습니다. 왜냐하면 사랑의 문제는 다른 모든 중요한 것보다도 훨씬 공적인 성격이 희박하고 이런저런 협조 등으로는 해결되기 어렵다는 것을, 그리고 저마다의 경우에 따라서 새롭고 특별한, 오직 개인적인 해답을 필요로 하는 인간과 인간 사이의 절실한 문제라는 것을 그들의 천성이 그들에게 알려주기 때문입니다. 이미 서로 몸을 내던져 결합해 버렸고, 서로의 경계도 없고 구별도 할 수 없는, 따라서 이제는 자기만의 것을 가지고 있지 않은 그들이 어떻게 자기 자신에게 출구를, 이미 파묻혀 버린 고독의 밑바닥에서 출구를 찾아낼 수 있겠습니까?

그들은 다같이 의지할 바 없는 데서 행동합니다. 그리고 그들의 뜻에 맞지 않는 인습——이를테면 결혼 같은——을 어떻게든 피하려고 하지만, 결국은 그보다는 덜 요란하지만 역시 같은 치명적인 인습적 해결에 빠집니다. 왜냐하면 그때 그들의 주위는 모두가 온통 인습투성이이기 때문입니다. 일찍 합류한, 불투명한 결합에서 나오는 것은 어떠한 행동도 모두 인습적인 것입니다.

그러한 혼란의 결과인 모든 관계는, 그것이 아무리 관습에 없는——즉 일반적인 의미로 부도덕한——것이라 할지라도 인습에 젖어 있는 것입니다. 그렇습니다. 이혼조차도 그 경우에는 인습적인 조치로서, 힘도 결심도 없는 비개성적인 우연의 결심에 지나지 않을 것입니다.

진지하게 보는 사람은 괴로운 죽음과 마찬가지로 괴로운 사랑에 대해서도 역시 아무런 해명도 해결도 암시도 길도 인식되지 않았다는 것을 알 수 있을 것입니다. 그리고 우리가 싼 채로 가

지고 다니다가 열어 보지도 않고 다른 사람에게 주어 버리는 이 두 가지 과제에 대해서는 어떠한 공통적인 규칙, 합의에 의거한 규칙을 얻어낼 수가 없을 것입니다.

그러나 우리가 개개의 인간으로서 인생을 시도해 감에 따라서, 우리들 개개의 인간은 이 위대한 두 가지 일을 차츰 몸 가까이에서 만나게 될 것입니다.

사랑이라는 어려운 작업이 우리들의 발전에 과하는 요구는 힘에 겨운 것으로서 초보자인 우리는 그것을 이겨낼 수가 없습니다. 그러나 우리가 견뎌내고, 사람들이 자기 존재의 가장 진지한 진심을 피해서 그 배후에 몸을 숨겨 온 모든 안이하고 경박한 유희에 자기를 잃는 대신 이 사랑을 짐으로써 학습기로 짊어진다면 ──적은 진보를, 얼마간의 짐의 경감을, 우리들의 훨씬 뒤에서 올 사람들이 아마도 느낄 수 있을 것입니다. 이것은 대단한 것이라고 생각합니다.

물속의 붕어처럼 행복했다, 나는

이제는 나의 본심으로 돌아가지 못할 듯싶습니다. 내가 가는 곳에는 반드시 나를 혼란시키는 일이 생깁니다. 오늘도, 아아 운명이라고, 천성이라고 해야 할까요.

오늘은 점심을 먹고 싶지 않아서 정오 무렵 개울가 쪽으로 가보았습니다. 주위는 온통 황량하기만 하고, 습기 찬 바람이 산 쪽에서 불어왔지요. 회색빛 비구름이 골짜기를 뒤덮고 있었습니다. 그런데 저 멀리 떨어진 곳에 푸른색의 남루한 웃옷을 걸친 이가 바위 사이를 구부린 채 걸어다니면서 풀포기를 찾고 있는 듯한 모습이 보였습니다.

가까이 다가갔더니, 그가 발자국 소리에 내 쪽을 돌아다보았습니다. 어딘가 수심이 깃들어 있었지만, 그밖에는 솔직하고 친절하고 재미있는 얼굴을 하고 있었습니다. 검은 머리는 핀을 꽂아서 두 갈래로 가른 다음 나머지는 굵게 땋아 뒤쪽으로 늘어뜨렸더군요.

옷차림으로 보아 평민이 분명했기 때문에 하고 있는 일을 들여다보아도 나쁘게는 생각하지 않을 것 같아서 "무얼 찾고 있나요?" 하고 물어보았습니다.

사내는 나지막한 목소리로 탄식하듯이 "꽃을 찾고 있는데 하나도 눈에 띄질 않아요" 하고 대답했습니다. 내가 미소를 지으며 "아무래도 꽃 피는 시기가 지나 버렸기 때문일 테지요" 하고 응수했지요.

그는 내 쪽으로 내려오면서 말하였습니다.

"꽃은 많아요. 우리 집 마당에는 두 가지 빛깔의 장미와 인동초가 있답니다. 하나는 아버지가 주신 것인데, 꼭 잡초처럼 뻗어 나갔지요. 이틀 동안이나 꽃들을 찾았는데, 아무래도 찾을 수가 없네요. 이 부근에는 언제나 노랗고 파란, 또 분홍빛 꽃들이 많이들 피어 있었거든요. 도깨비부채도 예쁜 꽃이랍니다. 그런데 꽃이 하나도 보이질 않아요."

나는 어쩐지 이상한 생각이 들어서 넌지시 물었습니다.

"꽃은 대체 뭐하려고요?"

사내는 히히, 간지럼 타는 듯한 웃음소리를 내면서 "아무한테도 말하지 않겠다면요" 하고, 손가락을 입으로 갖다대고는 말하였습니다. "사실은 애인한테 꽃다발을 주기로 약속했거든요."

"그거 좋은 일이로군요."

"그 여자는 돈이 많으니까, 다른 것은 뭐든지 다 가지고 있을 테지요."

"그렇지만 당신의 꽃다발은 무척이나 좋아할걸요."

"그렇겠지요."

사내는 이야기를 계속해 나갔습니다.

"보석이나 모자 같은 것도 가지고 있답니다."

"이름이 뭔가요?"

"네덜란드 왕국이 나한테 돈만 지불해 주었다면 이런 신세가 되지는 않았을 거예요. 이래봬도 예전에는 재미있던 때도 있었답니다. 그것으로 지독한 낭패를 보았지만 말예요."

말하면서 하늘을 쳐다보는 사내의 눈은 눈물로 젖어 있었습니다. 그것이 모든 것을 말해 주었습니다.

"예전에는 퍽 재미있는 생활을 하였나 봅니다?"

"네, 다시 한 번 그렇게 살고 싶어요. 그때는 마치 물속의 붕어처럼 그저 터무니없이 재미나고 즐거운 나날을 보내었지요."

그때 그 길을 따라온 할머니가 크게 소리치는 소리가 들려 왔습니다.

"하인리히, 대체 어디에 가 있었니? 여기저기를 찾아다녔잖니. 벌써 식사 때가 되었는걸."

나는 할머니 쪽으로 걸어가서 물었습니다.

"아드님인가 봐요?"

"그래요. 이 녀석 때문에 여간 애를 먹고 있는 게 아니랍니다."

"언제부터 이렇게 되었나요?"

"반년 사이 조금 나아졌어요. 그저 이만하게 된 것만 해도 다행이지요. 정신병원에 들어가 있던 해에는 내내 발광만 해대었으니까요. 지금은 아무에게도 손을 대거나 하지는 않습니다만, 임금님과 왕비님 일만은 아직도 생각하고 있답니다. 아주 착하고 순한 아이여서 제 살림을 거들어 주기도 하고, 글씨도 잘 쓸 줄 알고 했는데, 별안간 깊은 생각에 잠기게 되고, 그후 지독한 열병을 앓더니만 나중에는 정신까지 이상해져서 보시다시피 이 모양으로 되어 버린 거지요."

내가 물밀듯이 계속해서 말하려는 것을 막으며, "그러면 본인이 말하는 퍽 재미있던 시절이라는 것은 뭐지요?" 하고 물었더니, "정말 바보지" 하고 측은한 미소를 지으며 말하였습니다. "그

것은 미쳐 있었을 때를 말하는 거예요. 그것을 퍽 자랑으로 알고 있지만, 아무것도 모르고 정신병원에 들어가 있을 때의 일을 그렇게 말하고 있는 거랍니다."

내게는 그 소리가 우레처럼 들렸습니다. 그래서 노인의 손에 돈을 쥐어 주고 서둘러 헤어져 버렸습니다.

나는 허둥지둥 거리로 나오면서 외쳤습니다.

'너는 그전에는 행복했다. 그때는 물속의 붕어처럼 행복했다. 신은 사람이 사리 분별을 하기 전과 다시 그것을 잃어버렸을 때만 행복을 내려주시나 보다.

불쌍한 사내여, 그렇지만 나는 차라리 네가 괴로워한 비애와 어지러운 마음이 부럽다. 너는 여왕을 위해서 꽃을 따려고 이 겨울도 잊은 듯 희망에 넘쳐서 밖에 나와 있구나. 꽃이 없다고 서러워하지만, 왜 꽃이 없는가는 생각하지 않는다.

나는 희망도 없고 목적도 없이 집을 나와 또다시 허무하게 돌아가려고 한다. 네덜란드 왕국이 돈을 지불하면 너는 무엇이 될 것 같은가. 행복이 손에 들어오지 않는 것은 세상이 방해를 놓기 때문이다. 너는 행복하다. 너의 불행은 너의 파괴된 가슴속과 분쇄된 뇌수 속에 잠겨 있다. 어느 국왕도 너를 구할 수는 없지만, 너는 불행을 느끼고 있지 않다.'

먼 온천으로 여행을 하고는 도리어 병이 심해지고 고통의

나날을 보내고 있는 모습을 조소하는 무정한 자야말로 죽는 게 좋을 것입니다. 양심의 가책을 모면하고 영혼의 고뇌를 벗어나려고 신령의 땅을 돌아다니는 순례자를 경멸하는 자야말로 죽는 게 좋을 것입니다.

그의 발은 상처를 입었지만 길 없는 길을 밟고 가면 그의 한 발자국 한 발자국은 괴로운 마음을 쓰다듬어 주는 한 방울의 약이 되고, 하루를 참고 나면 비통은 한층 더 가벼워지리라. 이것을 망상이라고 사람들은 말하는가. 오히려 탁상공론이야말로 쓸데없는 망상에 지나지 않습니다.

신이여, 나의 눈물을 보십시오. 가련한 자는 신의 위에, 만유를 사랑하시는 신의 위에 그것을 놓고 있지 않습니다. 약초의 뿌리를 믿고, 포도나무의 눈물을 신뢰하는 것은 신에 대한 신뢰가 아니고 무엇이겠습니까. 신은 우리들 주위의 모든 것에 어느 때에도 없어서는 안 되는 치유와 완화의 힘을 주셨습니다.

아직 얼굴을 모르는 나의 아버지시여, 한때는 나의 마음을 가득 차게 하시더니 지금은 얼굴을 돌리시는 아버지시여, 부디 저를 불러 주십시오. 더 이상 가만히 있지는 말아 주십시오. 저의 메마른 마음은 당신의 침묵을 참고 있을 수가 없습니다. 불시에 돌아온 아들이 아버지의 목을 껴안고서 "아버지, 돌아왔습니다. 당신 말씀을 따라서 더 계속해야 할 여행을 그만두고 왔습니다. 아무쪼록 화를 내지 마십시오"라고 말한다면, 그것을 듣고 화를 낼 사람이, 화를 낼 아버지가 있겠는가. 세상은 어디나 다 마찬가지입니다. 무척이나 괴로운 일과 노동에는 보수와 환희가 뒤따릅니다. 그렇지만, 그렇지만 그것이 과연 나에게 무슨 소용이 있는가.

신이 계신 곳에서만 내게 행복이 있습니다. 신의 앞에서만 괴로워하자. 하늘에 계신 사랑하는 신이시여, 그러한 저를 물리치지 마십시오.

Romance Sketch

가을,

어디를 가나 그 모습이 따라다닙니다.
깨어 있을 때도, 꿈속에서도
나의 마음을 충만하게 하는 것은
그 모습뿐입니다.
지금 여기서 눈을 감으면 마음의 시력이
집중하는 이마 속에 그 검은 눈이 나타납니다.
……눈을 뜨면 저쪽에 그 눈이 보입니다.
바다와도 같이, 심연과도 같이
그 눈은 내 앞에 서 있습니다.
내 속에 서 있습니다.
이 이마의 모든 감각을 충만시키고 있습니다.

(괴테)

사랑의 상상계

소크라테스는 "아름다운 소년 곁에 아름다운 사람으로 가기 위해 이렇게 치장했다네"라고 말하였지요.

이렇듯 나는 사랑하는 사람과 닮아야 합니다. 나는 그 사람과 나 사이에 어떤 본질의 일치가 있다고 가정합니다. 바로 이 점이 나를 기쁘게 합니다. 이미지, 모방. 나는 가능한 한 모든 것을 다 그 사람처럼 하려 합니다. 우리가 하나가 되어 똑같은 살갗의 자루에 갇혀 있다는 듯이, 나는 그 사람이며 그 사람은 나이기를 열망합니다. 그리고 옷은 내 사랑의 상상계를 만드는, 그 유착된 질료를 담는 매끄러운 봉투일 뿐입니다.

정열은 몽상이 아니다

나는 그대를 사랑하고 있습니다.

그대를 사랑한다고? 아니면 그대의 장점을? 눈부신 그대의 미소를? 그대의 우아한 자태를? 그대의 약함을? 그대의 성격을? 그대의 훌륭한 행위, 그렇지 않다면 오직 그대가 존재한다는 이 기적적인 사실만을?

파스칼은 말합니다. "사람들은 결코 어떤 사람을 있는 그 자체로 사랑하지 않고, 단지 그가 지닌 장점만을 사랑한다. 누군가를 그 미모 때문에 사랑하는 사람이 과연 그 사람을 사랑한다고 말할 수 있을까? 아니다. 왜냐하면 사람을 죽이지는 않지만,

미모를 죽이는 천연두는 그로 하여금 더 이상 사랑하는 마음이 들지 않게 할 것이기 때문이다."

반대로 헤겔에 의하면, 사랑은 그의 행동이나 특징을 이루는 소멸하기 쉬운 속성과는 일체 관계 없이, 사랑을 바치는 상대방의 존재 자체에 긍정적인 가치를 부여하는 것입니다.

프루스트는 두 사람 모두에게 패배를 선언하면서, 이 경의를 바칠 만한 토론에 전대미문의 공헌을 합니다. 사랑이 대상으로 삼는 것은 사람 그 자체도, 또 그 사람이 지닌 특성도 아닙니다. 사랑의 표적은 타자라는 수수께끼입니다. 즉 타자가 느끼게 하는 거리감, 그것의 익명성, 가장 친밀한 순간에조차 나와 결코 대등하게 되지 않는 타자의 태도인 것입니다.

"나는 그대를 사랑하고 있습니다"에서의 그대는, 나와 정확하게 대등하거나 동시대인이 아닙니다. 사랑은 이러한 시대착오를 필사적으로 탐색합니다. 연인들이란 "평등 · 정의 · 애무 · 교류 · 초월을 요약한 정확하고도 우아하며 감탄할 만한 공식에 따르면 '함께 있지만 아직은 함께가 아닌' 존재인 것"입니다.

사랑은 역설적인 관계이고, 그 관계가 깊어지면 깊어질수록 타자는 한정되지 않으므로 그는 나에게 알 수 없는 존재가 되고 맙니다.

내가 그녀를 사랑하지 않았을 때, 그녀는 아름답거나 못생겼고, 수심에 차 있거나 온화하였고, 강박관념에 시달리거나 히스테리적으로 보였습니다. 이제는 이러한 속성의 어느것도 그녀를 파악하는 데 도움을 주지 않습니다. 나는 그녀가 가장 뛰어나고 특별하며 유일하기 때문에 그녀를 선택하였습니다. 그러나 이제 나는 그녀에게서 "다른 어떤 여자에게서도 찾아볼 수 없는 장점이 아니라 바로 다른 성질 그 자체"를 사랑하게 됩니다.

정열은 사랑하기 이전에 타자를 수식하고 있었던 이러저러한 모든 형용사를 침묵시킵니다. 사랑의 여정은 기묘한 고행입니다. 그것은 장점으로부터 그 사람 자체로, 또 그 사람 자체로부터 얼굴로 나아가는 보이지 않는 것을 향해 걸어가는 행군입니다.

프루스트는 "만일 소설가가 다른 등장 인물들의 성격을 묘사하고 있으면서, 사랑하는 여인에게 어떤 성격도 부여하기를 삼간다면" 틀림없이 그 소설가는 본질적인 진실을 묘사하고 있는 것이라고 말하였습니다.

정열은 몽상이 아닙니다. 고양된 영혼이 존재의 소박함에 오버랩시키는 꾸며낸 이야기도 아닙니다. 사랑에 빠진 사람은 망상에 빠져 있고, 제 정신이 아니며, 마치 술에 취한 사람처럼 비정상적인 행동을 하지만, 그렇다고 정신착란을 일으킨다고 볼 수

도 없습니다.

사랑함이란 흔히 볼 수 있는 평범한 사람에게 숭고한 미덕을 부여하고, 그 사람에게 없는 불가사의한 힘으로 그 사람을 치장하는 일이 아닙니다. 왜냐하면 정열이란 사랑받는 사람에게 아무것도 부과하는 것이 아니기 때문입니다. 정열은 뺄셈이고, 사랑하는 사람은 자기가 사랑을 바치는 사람을 거꾸로 발가벗기어, 드디어 그 지독함에 참을 수 없게 된 순간에 그 사람을 "타자로서, 즉 나타나지 않는 것, 조정되지 않는 것으로서 섬기며 항복하기"에 이릅니다. 지성이 동반하는 모든 어색한 감정과는 달리, 정열은 우리로 하여금 얼굴의 추상화와 접촉하게 만듭니다.

사랑하는 여인에 대해서 우리가 느끼는 호기심은 지성의 범주를 뛰어넘어 점점 진행되다가, 드디어는 그 여인의 성격의 범위를 넘어서고 맙니다. 우리가 비록 그 범위 안에 머무를 수 있다고 하여도, 아마도 그렇게 하는 것을 원치 않을 것입니다.

우리의 불안한 탐구 대상은, 피부 표면의 조그마한 마름모꼴들이 여러 가지로 조합되어 육체의 화려한 독자성을 만드는 것과 유사한 저 성격의 여러 특징들보다 더 본질적입니다.

사랑하는 사람은 허깨비를 좇다가 손 안의 것을 잃고, 욕망을 좇다가 지식을 잃고 마는 사람입니다. 그는 타자의 이방성과

만나고, 그것이 유지되는 접근을 시도하며, 결국 대상을 고정시키고 하나의 유형 속에 집어넣는 인식력을 잃고 맙니다. 사랑하는 사람끼리의 마주 봄에 있어서, 사랑을 받는 측이 나보다 초월적인 입장에 있다는 사실에는 변함이 없습니다. 내가 사랑받는 사람과 가깝다고 해서, 그 사람에 대해 무엇인가를 알고 있는 것은 아닙니다.

왜냐하면 사랑받는 사람은 누군가로서 모습을 드러내지 않으며, 또 자기의 외재성을 결코 포기하지 않기 때문입니다. 그렇다고 해서 속임수라고 할 수도 없습니다. "인식하지 않는다고 해서 그것을 이 자리에서 인식의 '결여'로 이해해서는 안 됩니다. ……사랑은 사랑이라고 하는 말과 지식의 낙오자라고 하는 말은 다른 것입니다."

사랑의 교류는 교차되는 착각과 폭로 너머로 우리를 이끌고 갑니다. 타자에 대해서 여러 가지로 억측하거나, 그의 부재중에 참을성 있게 몽상을 부추기기보다 타자 안에 있으면서 사랑하는 경우가, 그리고 괴로워하는 경우가 언제나 더 많은 법입니다.

정열은 인식 행위가 아니므로 그것은 환상의 항목에 들어갑니다. 사랑을 하고 있는 사람이 언제나 통찰력이 있는 것은 아니므로 그를 가리켜 흔히 이성이 결핍되어 있다고도 합니다. 실

제로 그에게 이성이 결핍되어 있기는 하지만, 그것은 단절이 아니라 만남이고, 보통의 정신병에서 보여지는 것과 같이 타자의 망각에서 기인하는 것이 아니라 타자의 침입에서 기인하고 있습니다.

사랑은 사람과 사람의 교류를 평균 온도로 유지하고, 타인의 얼굴이 침입하지 못하도록 일상 생활을 보호하고 있는 장벽·절차·약속을 빠짐없이 파괴한다는 끔찍한 점을 지니고 있습니다. 사랑을 하게 되면 타자는 외부로부터 당신에게 다가와서 당신의 내부에 자리잡지만, 여전히 당신에게는 이방인인 채로입니다. 타자는 당신을 사로잡고, 의식의 모든 영역을 독점하기까지 하지만 당신은 그를 추적할 수 없습니다.

사랑하는 얼굴은 당신의 분석으로 정리되지 않고, 당신의 관찰 능력이나 당신의 투사에 복종하지 않으며, 당신과 함께 지식과 대조를 이루는 음모에 참여합니다. 그렇다고 해서 광기 속으로 가라앉는 것도 아닙니다.

그러나 사람들이 표상의 세계를 쉽게 떠나는 것은 아닙니다. 허깨비를 좇다가 손 안의 것을 잃은 것에 대한 후회, 사랑하는 사람의 마음에 끊임없이 일어나는 불확실한 느낌은 때로는 인식 안에서 완화되기를 원합니다.

어떤 정열도 그것을 거스르는 투쟁이 항상 붙어다니게 마련이고, 비록 한순간이나마 명석함과 폭로의 실락원으로 돌아가고 싶은 열망이 항상 따라다니게 마련입니다. 그렇게 되면 사람들은 친척이나 주변의 친구들에게 마음을 털어놓게 됩니다. 우리가 수수께끼를 푸는 데 도와 줄 수 있는, 시간적 여유가 있고 친절한 제삼자를 열심히 찾는 것입니다. 우리와 함께, 사랑하는 얼굴을 '그 사람' 이라고 불러 줄 임시 협력자를 모집합니다.

그 사람은 좋은 사람인가? 고약한 사람인가? 이 질문에 어떤 결정적인 답도 주어질 수 없음은 이미 알고 이는 터입니다. 심문은 면소(免訴)에 그칩니다. 그러나 이렇게 끝이 없고 아무 쓸데도 없는 교류가 실제로는 위안을 가져다 줍니다.

사랑받는 사람에 대한 여러 가지 점이 말하여집니다. 여러 가지 장점이 그에게 부여됩니다. 이제 그는 여러 가지 특성으로 가득 차게 되고, 장·단점의 옷이 입혀집니다. 나는 그에게 말을 걸고, 그의 말을 기다리는 대신에 그에 관해 말을 하는 것입니다. 대화의 내용이나 효용보다도 이러한 조준의 변화가 나의 불안을 가라앉혀 줍니다.

결론이 낙관적이든 비관적이든, 어쨌든 논평하는 그 자체로서 사랑받는 얼굴 대신에 초상화가 자리잡게 되고, 이와 같은 교체가 마음을 푸근하게 해줍니다. 일단 말로 표현이 되면 타자

는 다른 모든 사람과 똑같아집니다.

즉 그 사람의 다름이 '메워' 지는 것입니다. 그리고 그의 다름 때문에 내가 그에 대해서 가지고 있었던 혼란스러운 마음을 나는 이제 더 이상 갖지 않아도 됩니다.

상담 상대방에게서 내가 구하는 것은, 희망을 가질 만한 이유나 정확한 충고——이런 것들은 애당초 받아들여지지도 않을 것입니다——가 아니라, 나와 함께 사랑받는 존재를 사회로 복귀시키는 데 참여하는 일입니다. 나는 분석의 순간에 타자가 광명으로 돌아와 보통 법 앞에 소환되기를, 즉 규정되기를 바랍니다. 이렇게 해서 내가 사랑으로부터 지식으로 나아가는 것은 아닙니다. 다만 사랑하는 상태의 특징인 박탈에 대한 보상을 지식에서 구해 보는 것입니다.

나는 당신을 사랑합니다

어떤 도시를, 어떤 동물을 사랑하는 것과 어떤 여자를, 어떤 친구를 사랑하는 것——우리는 머릿속으로는 이런 것을 서로 구별하려고 애쓰고, 마음속으로는 이런 것이 다 같은 것이라고 단순하게 생각합니다——이런 모든 애정을 표시하는 것엔 오직 한 가지 말밖에 없습니다.

사람들이 조롱하는 묵주신공을 옹호하려고 어떤 설교사가 이렇게 말했습니다.

"기도문이야 언제나 똑같은 내용이지요. 그렇지만 사랑하는 마음을 표시하려고 할 때, 나는 당신을 사랑합니다라는 말 이

외에 다른 무슨 말을 할 수가 있겠습니까? 사랑은 마음속에서 모든 순간들과 모든 존재들을 하나로 합쳐 주는 것입니다."

막스 밀러

사랑은 우리에게 삶과도 같은 것

인생의 새벽 노을이 마음속에 감춰진 꽃받침을 열면, 그 안에 있는 모든 것은 사랑의 향기를 풍깁니다. 우리는 따로 서는 것을 배우고, 걸음마를 배우고, 말하는 것을 배우고, 글읽기를 배웁니다. 그러나 아무도 우리에게 사랑을 가르쳐 주지는 않습니다.

사랑은 우리에게 삶과도 같은 것이어서, 사람들은 그것이 우리 인간의 가장 깊은 바탕이라고들 합니다. 천체가 서로 당기고 이끌리어 영원한 인력의 법칙에 의해 서로 결합되듯이, 하늘의 영혼인 인간 역시 서로 당기고 이끌리어 영원한 사랑의 법칙에 의해 서로 결합되는 것입니다.

햇빛이 없이는 한 떨기의 꽃도 피어날 수가 없는 것이며, 사랑이 없이는 단 한 명의 인간도 살아갈 수가 없는 것입니다. 낯선 세상의 차가운 비바람이 처음으로 어린아이의 마음에 불어닥쳤을 때 어머니와 아버지의 눈으로부터 따뜻한 사랑의 햇빛이 비치지 않는다면, 그 어린아이의 마음이 어떻게 두려움을 견디어내겠습니까? 그 사랑의 햇빛은 하느님의 빛과 하느님의 사랑이 부드럽게 반영된 것이 아닐는지요.

어린아이의 마음속에서 눈뜨는 그리움은 가장 순수하고 가장 깊은 사랑입니다. 그것은 온 세상을 감싸는 사랑입니다. 그것은 두 개의 맑은 눈동자가 아이를 향해 빛날 때 불타오르는 사랑이며, 아이가 사랑의 목소리를 들을 때 환호하는 사랑입니다. 그것은 옛부터 측량할 수 없는 사랑이며, 어떤 측정기로도 그 깊이를 잴 수 없는 깊은 샘이며, 아무리 퍼내어도 마르지 않는 부의 원천인 것입니다.

사랑을 하는 사람이라면 온 몸과 마음을 바쳐서, 온 힘과 정성을 바쳐서만 사랑할 수 있다는 것을 알고 있습니다.

그러나 어찌하여 그런 사랑은 우리의 인생이 절반을 채 지나기도 전에 없어져 버리고 마는 것입니까? 어린아이가 타인이라는 게 존재한다는 것을 알게 되면, 이미 그 아이는 어린아이가 아닌 것입니다.

사랑의 샘물에는 뚜껑이 덮이고, 또 세월이 흘러가면서 완전히 묻혀 버리고 마는 것입니다. 우리의 눈은 빛을 잃어버린 채 소란스러운 거리에서 음울하고 피곤한 표정을 지으며 서로를 지나쳐 버리는 것입니다. 우리는 거의 인사를 나누지 않습니다. 인사말을 건넸다가 거절당하면 마음이 몹시 상하리라는 것을 알기 때문이며, 또 인사와 악수를 나눈 이들과 헤어지기라도 할라치면 우리의 마음이 몹시 아프리라는 것을 알고 있기 때문입니다.

영혼의 날개는 그 깃털을 잃어버리고, 꽃잎은 모두 꺾이어 시들고 맙니다. 그리고 마르지 않은 사랑의 샘에는 몇 방울의 물이 남아 있을 뿐인데, 우리는 그것으로 혀를 적셔서 완전히 말라 죽는 것을 모면할 수 있을 뿐입니다.

그 몇 방울의 물을 우리는 아직도 사랑이라 부르고 있지만, 그것은 이미 순수하고 충만하며 환희에 찬 어린아이의 사랑은 아닌 것입니다. 그것은 두려움과 괴로움을 수반한 사랑이며, 작열하는 불꽃이며, 불타오르는 정열이며, 뜨거운 사막 위의 빗방울처럼 저절로 말라 버리는 사랑이며, 요구하는 사랑이지 내어주는 사랑은 아니며, 그대는 내 것이 되겠느냐고 묻는 사랑이지, 내가 그대의 것이 되겠다고 대답하는 사랑은 아닌 것입니다.

그것은 이기적인 사랑, 절망적인 사랑일 뿐입니다. 시인들이 노래 부르고 젊은 청년들과 처녀들이 믿고 있는 사랑은 바로

그런 사랑인 것입니다. 그것은 한번 불타올랐다가 꺼져 버릴 뿐 따뜻하게 해주지도 못하여 연기와 재밖에는 아무것도 남기지 못하는 불꽃인 것입니다.

우리 모두는 한때 그런 불꽃을 영원한 사랑의 햇살이라고 믿었던 적이 있습니다. 그러나 그 빛이 밝으면 밝을수록 그 뒤에 따르는 어두움은 더욱더 짙기만 했던 것입니다.

그리하여 주위가 온통 어두워질 때, 몹시 고독하다고 느낄 때, 많은 사람들이 스쳐 지나가면서도 우리를 알아보지 못할 때, 마음속에서 때때로 잊혀졌다는 느낌이 떠오르지만 우리는 그 느낌이 무엇인지 알아차리지 못합니다.

그것은 사랑도 우정도 아니기에 우리는 이런 말을, 그러니까 "나, 모르겠소?" 하고 우리 곁을 스쳐 지나가는 이들에게 묻고 싶을 것입니다.

그럴 때 사람과 사람 사이의 관계가 형제 사이보다도, 아버지와 아들 사이보다도, 친구와 친구 사이보다도 더 가깝게 느껴지는 것입니다. 그리고 타인이 가장 가까운 이웃이라는 옛말처럼 우리의 영혼을 울리는 것입니다.

그런데도 우리는 그것을 알지 못하며, 다만 주어진 대로 따라야 할 뿐입니다. 두 대의 기차가 철로 위를 서로 엇갈리며 지나갈 때 저쪽 기차 속에서 인사를 보내려고 하는, 아는 사람의 눈을

보게 되면 이쪽에서 손을 뻗쳐 질주하며 지나가는 그 친구의 손을 잡아 보도록 해볼 일입니다. 그렇게 해보면 당신은 어째서 사람들이 이 세상에서 아무 말도 하지 않고 다른 사람들의 곁을 스쳐 지나가는지 알게 될 것입니다.

옛날에 어떤 현자가 이런 말을 했습니다.

"나는 난파된 작은 배의 조각들이 바다 위를 떠다니는 것을 본 적이 있었소. 그것들 가운데 몇 조각은 서로 만나서 잠시 함께 붙어 돌아다녔지요. 그러나 얼마 후에 다시 폭풍이 몰아쳐서 그것들을 동쪽으로 서쪽으로 몰아붙였고, 그것들은 결코 다시 만나지 못했소. 인간의 운명도 마찬가지요. 다만 그처럼 커다란 파선을 본 적이 없을 뿐이오."

아름다움이란 한 개인의 전유물이 아니다

우리는 간혹 누군가와 함께 있을 때 그를 경이롭게 여기면서 흥분하게 되는 경우가 있습니다. 약간의 시간이 흐른 뒤 그 긴장 상태가 다소 완화되면, 그를 유혹할 의도 없이 단순한 선의의 행동으로 그의 환심을 사려 할 수도 있습니다.

그런 행위는 좋아하는 사람을 독차지하고자 하는 행동보다 훨씬 더 자연스럽고 당연한 일로 여겨지지만, 다른 한편으론 흑심을 품고 있는 행동으로 오해받을 수도 있습니다. 그 경우 좀 더 홀가분한 마음으로 지나치게 상대에게 집착심을 보이지 말고, 일정한 거리를 유지하면서 교제한다면 진실된 본심은 왜곡되지 않

을 것입니다.

예술 작품과 비교해 보면 그것은 여러 제작 단계를 거쳐 하나의 완성품에 이르게 되는데, 우리는 그 작품이 무에서 유로 창조되어 가는 모습을 통해 많은 감동을 받게 됩니다. 그렇기 때문에 예술 작품은 전혀 인간의 열광을 필요로 하지 않을 뿐 아니라, 아무리 창작자의 손재주가 섬세하다 할지라도 그가 예술품의 아름다움을 배가시켜 준다고 장담할 수는 없습니다.

다시 말해서 '내가 작품을 만들어 내지 않는다면 다른 사람이 졸작을 만들어 낼 것' 이라는 생각은, '내가 저 빈 집을 털지 않으면 다른 도둑이 그 집의 물건을 훔쳐가게 될 것' 이라는 방식의 논리처럼 터무니없는 것입니다.

장대한 풍경이나 예술 작품, 혹은 변화무쌍한 자연의 모습이나 격동하는 사회 등은 우리 인간의 마음을 크게 사로잡지만 한 개인이 그 모든 것을 독점할 권리는 없는 것입니다. 오히려 베일에 가려져 있던 것을 세상 사람들에게 드러내 보여주는 것만으로 족한 것입니다.

전망대를 하나 세워 놓고 바다의 경계를 정해 소유권을 주장하는 행위——지금도 계속 자행되고 있는 그와 같은 독점 행위는 얼마나 안타까운 일인가!——는 불합리하고 비난받아 마땅한 것입니다.

여러분이 누군가와 친밀한 관계를 맺길 원한다면, 그것은 최선의 노력을 통해서 이루어져야 합니다.

여러분은 인기 있는 유행가를 직접 부르거나 악기로 연주해 봐야 비로소 그 노래에 한층 더 익숙해집니다. 하지만 그 음악은 당신의 전유물이 아니기에 다른 사람들도 원하기만 하면 언제든지 그 곡을 즐길 수 있습니다.

그런데 인간은 대개 한 사물을 좋아하게 되면 아무 거리낌 없이 그것을 혼자 독차지하려 듭니다.

"이 작품은 대단히 경이롭군. 내가 기필코 그것을 구입하고 말 거야."

의도적으로 반감을 사지 않음과 동시에 적절하게 호감을 사는 행위, 바로 그것이 우리 마음에 자유를 가져다 주는 것입니다. 그것은 복종이나 반항이 아니며, 개인의 주체성을 확보하는 행위인 것입니다.

그것은 또한 표현의 억압이나 무례한 행위도 아니고 다만 날카로운 반박이며, 인습에 젖은 기존 관념에 맞서게 해주는 활력적 사고인 것입니다. 또한 그것은 구걸이나 모욕이 아닌, 현실과 쉽게 타협하는 속성을 지닌 무기력한 군중을 제압하기 위한 능력의 함양인 것입니다.

욕망에 대하여

욕망은 남녀노소, 문화, 사회 계층, 재산의 유무를 막론하고 모든 사람이 지니고 있는 공통적인 감정입니다. 각자 차례로 욕망에 대한 무지를 지나 욕망을 이해하는 단계를 거칩니다. 왜냐하면 때로는 위험할 수 있는, 그러나 어느 인간도 그 역경을 지나치지 않을 수 없는 이같은 정서를 받아들일 수 있어야만 하기 때문입니다. 반대로 제때 그것에 동일화될 수 있어야만 합니다.

한 사춘기 청년은, 언젠가 그것에 이름을 부여할 수 있기까지는 그가 겪는 사랑의 혼란을 이해할 수 없을 것입니다. 그 이름이 바로 욕망입니다.

욕망을 욕망한다는 것. 그러나 만약 욕망이 그대를 너무 격렬하게 뒤흔들면, 그것은 이미 감정의 동요, 사랑, 사랑의 슬픔, 정열, 혼동 등이라 불립니다.

욕망은 결국 자연과 문화라는 두 질서 사이의 합접에 다름 아닙니다. 그것은 나이의 밑바탕으로부터 우리에게 다가와서 종(種)의 계속성을 책임집니다. 우리의 생물학적인 결정론을 보강하는 것입니다. 이것이 바로 자연입니다. 그러나 매순간 그 나라의 언어로 이루어지고, 문화의 근본적인 요구 사항에 부응합니다.

욕망은 우주적인 동시에 특별한 것이고, 집합적인 동시에 개인적입니다. 그것은 그 내용을 새롭게 하기 위해서건, 완전히 새로운 또 다른 형태로 옮아가기 위해서건 새로운 제국을 건축하려고 쉴새없이 변모합니다.

그럼에도 불구하고 이 역동적인 구조는 충동과 만족, 욕구와 결핍, 욕구불만과 보상의 변증법으로 이루어진 중력 속에서 하나의 중심을 지닙니다.

연애 관계에 있어서 아들은 그 부모들 같은 유형의 여인을 사랑하지는 않을 것입니다. 그가 신경증적인 고착이 있다면야 몰라도 이런 경우 아들은 그 자신의 것인, 자기 세대의 그것인 욕망을 알 수가 없기 때문입니다.

대부분의 경우 그의 연애적 상상력은 그 실체상 자발성을

개발하기 위해 그가 받은 바의 교육으로부터 기인합니다. 그 결과 자연스럽게 그의 상상력은 그 부모들의 도식과는 동떨어지게 됩니다. 그것으로서 욕망은 마치 재가동된 우리 어린 시절의 기억이나 마술적 장소와도 같은 것입니다.

이 기억으로 되돌아오는 것은 모순적이게도 판도라의 상자를 여는 것과 같습니다. 끊임없이 우리를 피해 달아나는, 그럼에도 불구하고 쉴새없이 우리는 그것을 찾아 헤매는 것에 다름 아닌 욕망은 개인의 욕구에 대한 하나의 답변이 되는 것도, 희열의 맡아 놓은 서곡이 되는 것도 멈추지 않으면서 인류의 불가사의들 중 하나를 재현하려는 힘의 경기에서 승리하고 있습니다.

헤르만 헤세

말로 표현할 수 없는 사랑

나는 나의 사랑을 간직하고 있습니다. 그것은 사람의 주된 인상을 여러모로 관찰함으로써 얻는 것과 마찬가지로 내가 아직도 지나간 그녀의 육체를 그리워할 때면, 나의 상상력은 그 당시 그녀의 쌀쌀한 거절에 이르면 움츠러들고 맙니다.

내 사랑, 가련한 내 사랑이여!

그렇게 딱딱하게 굳은 것이 내 잘못이 아닙니다. 얼마나 여러 번 그녀의 부드러운 손을 잡아 보고 싶어했으며, 그녀와 더불어 이야기하고 싶어했으며, 오랫동안 그녀의 눈을 바라보고 싶어했던가!

이러한 생각과 욕망 속에서 그 당시의 아름다웠던 알 수 없는 일들이 반사되어 뇌리에 들어옵니다. 잠시라도 아무 의심 없이 있노라면 나는 나의 사랑에서 천사가 노래하는 소리를 듣습니다. 내 영혼의 문 앞에서 낙원 같은 추억이 문을 두드리는 소리를 듣습니다. 그리고 내 영혼 자체는 가슴을 넓게 펴고자 하는 온갖 지친 사념들 사이에서 쓴웃음을 지으며 고통받고 있습니다.

내 영혼은 어두운 면사포 아래에서 잠을 자고 있으며, 그 세계의 문 앞에서 내 삶의 의식이 최고조에 이른 순간에도 여전히 답답한 채 서 있는 그 세계의 가장 깊은 비밀에 대해서 아마도 잠을 자며 꿈을 꾸고 있는지 모릅니다.

내 영혼은 낯선, 그러나 좋은 목소리로 어떤 행복한 고향에 대한 이야기를 내게 들려줍니다. 그 고향은 우리 둘, 그리고 잘못 길러진 아이들과 얼빠진 주민들이 사는 곳입니다. 달콤한 향기가 뿌리는 이화감, 한번도 들어 보지 못했는데도 꿈을 꾸는 듯한 멜로디의 박자, 한번도 행해지지 않았으면서도 푸근한 느낌을 주는 질문에 대한 응답.

오, 이 영혼, 아름다우면서도 어둡고, 고향을 생각케 하는 위험한 이 바다여! 오색 영롱한 수면을 피곤한 줄 모르고 감상하면서 애무하면서 질문을 던지면서 윽박지르노라면 그 바다는 언제나 마치 비웃기라도 하듯이 끝없이 깊은 바닥에서부터 그 낯선

빛깔을 내 눈앞에서 씻어 버리곤 하는 것입니다. 조개들은 헤아릴 수 없이 넓은 공간에서 태곳적 보석 조각처럼 하나하나 반짝이고 있습니다. 이미 침몰해 버린 옛날을 희미한 대로 비춰주고 있는 것 같습니다.

거기에 아마도 나의 예술이 있는 것 같습니다. 거기에 아마도 나의 노래가 잠을 자고 있는 모양입니다. 황량한 들판에서 힘과 젊음을 보내 버리고 있을 때의 그 뜨겁고 거만한, 미친듯이 광란하던 박자의 노래. 오호, 봄날의 밤이 그렇듯 풍성하던 그때 그 분위기를 다시 찾을 수 있다면! 그 열병 앓듯이 무절제했던 가슴의 고통, 그 환상에 젖었던 포만의 자기 상실, 그리고 그 피의 흥분된 떫음이여!

사랑에 풍요로운 자취를…

그는 어떤 식으로 사랑을 했을까? 이 의문은 한순간도 내 머릿속을 떠난 적이 없습니다. 그 정도로 나는 연인으로서의 쥐비알의 모습에 매혹되어 있었습니다.

1996년 7월 30일, 생트 클로틸드 성당에서 나를 보고 놀란 30여 명의 여인들 중 몇 명에게 나중에 그에 대한 솔직한 대답을 구하자, 그들은 각기 다른 대답을 들려 주었습니다.

쥐비알은 그들 각각을 위해 사랑의 기술을 개발했고, 환상으로 가득 찬 자신의 모습을 새로이 만들어 냈습니다. 나는 그들에게 같은 말, 같은 꽃다발, 같은 동요를 야기하지 않았습니다.

진지한 것이든 경박한 것이든 간에 그가 제기하는 문제들은 언제나 그들을 다른 희극이나 일련의 비극 속으로 끌어들였습니다.

그들은 저마다 파스칼 자르댕의 미발표 소설 속의 여주인공이었습니다. 쥐비알은 끊임없이 상상의 나래를 펼쳤습니다. 그에게 있어서 사랑한다는 것은 너무나도 진지한 것이어서, 자신이 사랑하는 존재들을 새롭게 만들지 않을 수가 없었던 것입니다. 그는 여자들을 찬란하게 만듦으로써 그들이 자신의 세계 한가운데서 진정한 모습을 드러내는 것을 좋아했던 것 같습니다.

진짜 사내였던 그는 여자들을 자신의 몽상 속으로 초대할 때면 매번 다른 옷을 입을 정도로 완벽을 기했습니다. 여자들이 가지고 있는 누렇게 된 사진들 속의 그는 부유한 재산가 차림인가 하면 아프리카의 사냥꾼 차림이었고, 진바지 · 연미복 · 양복 · 풀오버를 입고 있었습니다. 여자들의 분위기와 취향에 따라 때로는 같은 날에도 여러 번 옷을 바꿔 입었던 것입니다.

셰르부르 해변에서 캠핑을 하고 있는 사진, 수집가들의 애호품인 접이식 토르페도 운전석에 앉아 있는 사진, 회색곰 가죽을 두르고서 매혹적인 중국 여인에게 미소를 짓고 있는 사진도 있었습니다.

나탈리와 마농 · 레진 · 안 · 다니 · 소니아 · 프랑수아즈 · 로베르타 · 폴린 · 맹 등, 숱한 여인들과의 연애담을 그는 왜 글로

쓰지 않았을까요? 그는 자신의 사랑을 작품의 갈피마다 꼼꼼한 곤충학자처럼 핀으로 꽂아두기보다는 삶 그 자체를 열정적으로 누리는 편을 더 좋아했던 것 같습니다. 이해할 듯합니다. 나 역시 아내와의 사랑을 여러 차례 글로 써보려 했지만, 사실 그대로를 기록하려는 그런 시도들은 거의 언제나 기대에 어긋나 버리고 말았으니까요.

너무나도 다양한 이런 소설 같은 사건들에는 삶의 진정한 모습을 알고자 하는 그의 격정이 고스란히 드러나 있습니다. 그의 품안에서 여자들은 가식 없이 존재한다는 느낌, 스스로의 두려움을 정복하고 문득 진실 속으로 들어가는 듯한 느낌에 사로잡혔습니다. 그 증거로서 그가 자신들을 열망하고 있었던 것입니다. 거기에는 일말의 어긋남도 없었습니다. 그가 그녀들을 기쁘게 소유했다면, 일시적인 것이었다 하더라도 그 연애 사건들은 그의 마음에 영원히 새겨져 있었습니다.

격정적인 사랑이나 치유할 길 없는 열정, 사람을 헐떡이게 하고 만족시키고 황폐화시키지만 후회를 남기지 않는 그런 열정만이 그를 부추길 수 있었습니다. 생트 클로틸드 성당에 모여 눈물을 닦아내는 하루짜리, 혹은 몇 개월짜리 주인공들이 그렇게 많았다는 사실을 그가 죽은 지 16년이 지난 다음에야 알게 되다니…….

그런데 누가 나를 위해 울어 줄 것인가? 동시대인들에게 난 무엇을 주었는가? 그렇게 풍요로운 자취를 남길 만큼 사랑에, 우정에 몰두할 줄 알았던가? 쥐비알의 삶의 행로를 돌아볼 때면, 내가 다른 이들의 삶 안으로 들어가지 못한 채 겉만 스치고 있는 듯한 느낌이 들곤 합니다.

우리의 사랑에 무엇이 남아 있는가?

우리의 사랑에서 남은 것은 무엇일까요? 감정이 남았습니다. 하지만 사회는 사라졌습니다. 이처럼 제삼자가 사라지고 나서 최근에 생겨난 것이 '만남' 입니다. 낯선 두 운명의 우연한 교차는 익명의 세계에서만 가능합니다. 나와 타자 사이에 아무도 끼어들지 않으며, 우연이 공동체의 개입을 대신합니다.

모험에 대한 우리의 생각에 깊은 변화가 일어난 것도 이 점에 있습니다. 온전히 일체화되어 있던 사회에서 우연의 장소는 항상 '다른 곳' 에, 도시의 벽 너머에 존재했었습니다. 즉 죽음의 세력이 느슨해지는 곳, 더 이상 공동체의 규율과 요구가 지배적

일 수 없는 곳에 있었습니다.

사람들은 모험을 찾아 떠났으며, 모험은 낯선 지방들만이 확보하고 있는 특권이자 위험이었습니다. 그러나 오늘날에는 우리가 알고 있는 것과 미지의 것 간의 경계가 지리적인 문제가 아닙니다.

우연은 어디에나 있는가 하면, 또 아무 데도 없습니다. 그 가능성은 그저 미확정의 상태로 군중과 고독을 가리지 않고 모든 장소를 배회합니다. 이국 정서나 그림처럼 아름다운 먼 고장들, 그런 것들도 우리가 일상에 빠져들지 않도록 지켜 주지는 못합니다. 우리에게 있어 모험이란 예기치 못한 만남이요, 우리의 운명과는 상관없는 존재의 출현입니다.

그런데 커플을 규정짓던 사회의 쇠퇴는 과거에 통용되던 '유혹의 관례'에 변화를 가져옵니다. 과거에는 상대방의 환심을 사는 데 두 가지 언어가 사용되었습니다. 하나는 주변 환경에 건네는 언어요, 다른 하나는 욕구의 대상에게 건네는 언어였습니다. 유혹의 대가는 전문적인 사기꾼인 동시에 마음을 사로잡는 재주꾼, 즉 아도니스와 아르센 뤼팽의 결합이어야 했습니다.

그러나 오늘날에는 사랑의 접근이 집단의 감시를 벗어나 예의범절이 단순화되었습니다. 유혹은 한 가지 언어면 족하고, 수신자도 한 명뿐입니다. 예전에는 남녀간의 사랑에 가족의 잔

인한 계산이 따랐으나, 이제는 유혹이 또 다른 잔인성의 지배를 받습니다. 즉 거절당한 상처의 책임을 공동체의 편견에 돌림으로써 이 상처를 극복할 수 있는 가능성이 차단된 것입니다. 우리는 서로에 대해 더 이상 실제 배우자나 집단의 역할을 떠맡을 수 없게 되었습니다.

때문에 유혹과 폭력 간의 유사성이 아주 뚜렷해졌으며, 격렬한 증오가 때로 낙오자를 사로잡습니다. 이들이 당한 '거부'가 더한층 가혹하게 와닿는 것도 그 책임을 외부의 법정에 떠넘길 수 없기 때문입니다. 두 사람이 등장하는 이 드라마에서는 오직 상대방만이 보상이자 심판관입니다.

통상적으로 유혹을 위한 장소로 통하는 디스코텍이나 토요일 저녁 댄스 파티에서조차 외부 세계가 지닌 무인격성으로 인해 우리의 만남은 무섭도록 사적인 사건이 됩니다.

외부 세계의 중립성으로 인해 이제 간접적인 접근은 효력을 상실했으며, 두 사람이 대면할 때 그 자리가 바로 유혹의 공간입니다. 첫 만남에서 이미 그들은 커플이 됩니다. 즉석에서 너와 나 둘만 남으며, 두 사람은 곧장 커플의 관계로 들어갑니다. 그 무엇도 둘이라는 숫자가 지니는 당당함과 절대성으로부터 벗어날 수 없습니다.

비틀거리는 최초의 감정적 결합 역시 마찬가지입니다. 남녀

관계에서 사회는 이제 효력을 상실하고, 어딜 가나 커플이 그 자리를 대신합니다. 사회라는 존재가 사라지면서 부부라는 형태가 과장되리만큼 뚜렷한 위상을 과시하게 되었습니다. 결혼이 취소 가능한 것이 된 터에, 이제 취소 불가능한 것은 커플입니다.

자체의 힘에 넘겨진 사랑이 우리가 보는 앞에서 나침반도 없이 부유하는 우연의 세계와, 부부 관계가 의무적이며 영속화되어 있는 세계. 한 세계의 매력과 다른 한 세계의 적개심에 동시에 굴복하면서, 애정 생활은 예외없이 이 두 세계 사이에서 갈팡댑니다. 그곳에서는 설령 파트너가 바뀔지라도, 너와 나 둘만의 관계라는 점은 영원히 변치 않습니다. 우리는 위기의 시대를 사는 것이 아니라, 커플이 등장하고 둘이라는 숫자가 탄생한 시대에 삽니다.

피에르 쌍소

상대의 능력 때문에 사랑하는 것

"자아란 무엇인가?"

"창가에 서서 지나가는 행인들을 바라보는 한 사람이 있다. 내가 저만치 지나갈 때, 그에게 저쪽으로 자리를 이동해서 나의 모습을 계속 주시하라고 요구할 수 있는가? 그럴 순 없다. 그는 평범한 내 존재를 특별히 주목하고 있지 않기 때문이다. 상대의 아름다운 외모로 인해 그를 사랑하는 것은 진정한 사랑이라 할 수 있을까? 전혀 그렇지 않다. 그 까닭은 아름다운 외모란 상대의 실체가 아니기 때문이며, 혹시라도 그의 외모에 흉한 천연두 자국이 생겨서 더 이상 그를 사랑하지 않게 될 수도 있기 때문이다."

"만일 상대가 내 뛰어난 판단력이나 기억력을 보고 나를 사랑한다면, 그것은 내 실체를 진정으로 사랑하는 것인가? 절대로 그렇지 않다. 왜냐하면 실체란 것은 잃어버릴 수 있는 것이기 때문이다.

만일 자아란 것이 육체나 정신 속에 내재해 있지 않다면, 그것은 도대체 어디에 위치한 것일까? 육체와 정신, 그리고 그 두 요소에 연관된 능력은 소멸되는 것이기에 내 실체를 이루는 것이 아니라고 단정할 때, 그렇다면 어떻게 그것들을 사랑할 수 있단 말인가? 한 개인에 속한 정신의 본질과 그에 예속된 능력들을 추상적으로 사랑하는 것은 과연 가능한가? 그처럼 추론해 볼 수는 있지만 썩 타당해 보이진 않는다. 결국 사람들은 상대의 실체를 사랑하는 것이 아니라 오로지 그의 능력만을 사랑할 뿐이다."

"따라서 자신들의 지위와 권한을 이용해서 타인들로부터 존경심을 사려는 사람들을 더 이상 비난하지 말아야 한다. 그 까닭은 사람들이 감투성의 재능들만 사랑하기 때문이다."

이와 같은 파스칼의 주장이 사실이라면, 인간은 타인이 지닌 능력 이외에는 그 어떤 것도 사랑하지 않는다고 말할 수 있습니다. 능력이 일단 퇴화되고 나면 상대에 대한 애정도 중단되고 만다는 것입니다.

하지만 우리는 그 반대 경우를 유추해 볼 수 있습니다. 젊은 날의 미모를 잃고 추하게 변한 여성을 계속 사랑한다든지, 이성적 판단력이 쇠퇴해진 지성인을 계속해서 존중하는 경우를 말입니다.

그런 행위에 대해 파스칼은 어떻게 해명할 수 있을까요? 그는 우리가 정확한 분별력을 소유하지 못했기에 미와 지혜를 잃게 된 사람들을 계속해서 사랑한다고 주장할 것인가? 아니면 인간은 나태한 존재이기에 자신에게 고통을 안겨다 줄 이별을 모면하기 위함이라고 설명할 것인가?

하지만 나는 인간의 존엄성에 좀 더 많은 중요성을 부여하고자 합니다. 인간은 흐르는 시간과 그에 의한 노화 작용, 그리고 난폭하게 덮쳐드는 악에 대해 크게 염려하지 않고 살아갈 수 있습니다. 세태의 흐름에 역행할 수는 없지만 우리의 의지로 그 흐름에 굴복하지 않을 수 있고, 또한 사랑하는 이에 대한 애정은 도리에 어긋난 비정상적인 감정에 속하는 것일 수도 있습니다.

그러면 이제 세태의 흐름에 역행하는 행동에 대해 한번 살펴보도록 합시다. 만일 우리가 우연하게 발생한 사고를 목격한다면, 그 부당한 폭력성에 과감하게 반대 의견을 표출할 것입니다. 반면에 한 선거 당선자가 그 지지자들을 열광케 하던 자신의 강점들을 상실하게 되면, 그 지지자들은 더 이상 예전과 같은 열

렬한 지지를 보내지 않게 되고, 그에게로 보냈던 성원을 재고하게 됩니다.

그런데 실제로는 그에게 보냈던 성원을 거둬들이는 일은 거의 드문데, 그 이유는 우리 또한 솔직함과 민첩성 혹은 관대함과 같은 가치들을 상실했기 때문입니다. 결국 우리는 흘러가는 시간이 인간의 고귀한 욕망을 퇴색시키기 마련이라고 자위하고, 우리 또한 그처럼 변하게 될 인생 방랑자라고 생각하면서 점차적으로 환멸에 빠지기 시작하는 것입니다.

이제 두 가지의 인간 속성을 알아봅시다. 첫번째 것은 시기적절성과 관련된 것으로서, 일종의 변덕스런 변화와 같은 것입니다. 우리는 적합하다고 생각하는 순간에 우리의 성격을 바꾸게 되고, 사람들은 그 행동을 기만 행위로 간주하며 우리를 비난하게 됩니다. 두번째로는 인간의 존재 방식을 표현하는 것으로서 인간의 능력을 들 수 있는데, 정신적으로 급격한 변화가 없는 한 이 속성은 유지된다 하겠습니다.

우리는 두번째 속성을 통해 사람의 인격을 파악할 수 있으며, 이 사실에 비추어 한 존재를 파악하기 위해 그의 내부 깊숙이까지 파고 들어갈 필요는 없다고 봅니다. 발자크의 천재성은 실제로 내면까지 침투하지 않아도 그의 작품과 생활 방식과 커피

를 마시는 취향에서도 얼마든지 알 수 있는 것입니다.

현재 우리는 오만함으로 가득 찬 세상에 살고 있다고 할 수 있는데, 그 말을 부정적 의미로 해석해서는 안 됩니다. 그만큼 도시란 것은 자신을 송두리째 내보이지 않기 때문입니다. 어떤 의미에서 도시는 도처에 존재한다고 할 수 있지만, 동시에 그 어디에서도 찾아볼 수 없는 존재라고도 할 수 있습니다.

사람에 대한 접근도 그와 마찬가지입니다. 우리는 인간의 지각으로는 감지할 수 없지만, 우리의 관심을 끄는 탓에 상대라는 존재가 현실로 실재한다는 사실을 추측하게 됩니다. 만일 그것이 사랑하는 사람일 경우, 우리의 마음은 더욱 강하게 사랑이라는 실재에 이끌리게 되는 것입니다.

파스칼은 한 개인이 타인에게 그 어떤 영향도 끼치지 못한다는 사실에 대해 큰 슬픔을 느끼는 듯합니다. 그렇다면 그 반대의 경우는 바람직한 것인가? 우리가 어떤 권리로 타인과 합일을 이루는 행동을 할 정도로 그의 가장 은밀한 내면까지 침입할 수 있단 말인가?

우리는 타인의 행동과 생각을 통해서만 추측해 낼 수 있는, 그의 내면 중에서도 기껏 가장자리에 해당하는 부분에 도달할 뿐입니다.

여기서 핵심은 상대의 실체를 파악하는 것이 아니고, 그의

존재가 지나치게 강하게 느껴지는 탓에 그 삶의 방식이 실존의 강렬함을 감소시킬 수 없다고 단정하지 말아야 한다는 것입니다.

어떤 사람이 많은 능력을 갖추고 있다는 말은, 그가 뛰어난 사람이라는 것을 의미합니다. 하지만 다행스러우면서도 공평한 것은 대중 앞에서 자신의 의사를 명확하게 전달하지 못하는, 그다지 특출하게 보이지 않는 평범한 사람, 적어도 겸손한 사람이 오히려 주위의 사랑을 독차지한다는 것입니다.

그 경우 우리는 귀납적인 방식으로 그 사랑을 정당화하게 될 것입니다. 여기서 내 사고의 중요 핵심은, 모든 상황에서 자신의 우월성을 내세우지 않는 두 존재의 상호 협력 행위입니다. 그런데 그 상호 협력 행위와 같이 조화를 이루려고 할 때, 선행적으로 행해져야 하는 자기 단념 행위가 상대에 대한 복종처럼 비춰지지 않도록 유념해야 합니다.

주위 친구들을 염려케 하는 커플간의 싸움은 전시장에 진열되어 있는 두 마네킹 사이에서 벌어지는 일이 아니라 육체와 정신을 소유한 두 존재에 관한 문제로서, 두 당사자는 격렬한 싸움을 중단하고 서로 화해를 신청해야 하는 상황에 있는 것입니다.

또한 그것은 상대가 우유부단하고 싱거운 성격으로 인해 자신의 뛰어난 외모를 내세웠다는 판단을 유도할 수도 있기 때문에 항상 조심스럽게 행동해야 하는 것입니다.

이같은 내 주장은 다소 직설적이긴 하지만 호감 사는 행위를 중단하라는 의미는 아닙니다. 우리는 자기를 좋아하는 사람에게 자신의 장점을 보여줄 목적하에서 매력적이고 활동적인 다양한 모습들──그것이 단지 일시적인 모습일지라도──을 상대에게 충분히 보여주어야 합니다.

만일 파스칼의 주장이 사실이라면, 그 얼마나 절망스럽고 서글픈 일이겠는가! 그의 주장대로라면 지구상의 그 많은 인간들이 서로에게 무관심하게 될 테고, 타인을 사랑한다고 말하는 자들이 상대의 실체와는 상관없이 그의 능력만을 사랑하게 될 테니 말입니다.

존재와 개인

인간의 존재는 가능성입니다. 동물에게는 종(種)이 개인보다 중요합니다. 세상에 대한 그들의 관계는 선택의 양상을 띠고 실현되지 않습니다. 어찌 보면 그들을 위해 선택해 주는 종의 법칙들에 복종하며 실현됩니다.

하지만 인간의 경우는 그렇지 않습니다. 우위를 차지하는 것은 개인이기 때문입니다. 종이 개인을 위해 선택하는 것이 아니라, 결코 선택을 회피할 수 없는 개인이 자신을 위해 선택해야 하는 것입니다. 이렇게 인간은 사변적이 아닌 구체적인 존재의 양상을 지닙니다. 바로 '가능성들'과의 대면을 통해 그는 자신의

독자성에 형태를 부여합니다. 그러면 이제 개인에 대해 이야기하여 보기로 합시다.

존재는 쉴새없이 우리를 선택 앞에 세워두며 결단을 강요합니다. 그런데 가능성을 두고 볼 때, 거기에는 우리를 무력감에 빠뜨리는 무언가가 있습니다. 주어진 가능성들 앞에서 도무지 결정을 내릴 수 없었던 순간들을 누구나 경험했을 것입니다. 너무도 중대한 문제라서 선택이 불가능해 보였기 때문입니다. 가능성은 긍정적이든 부정적이든 미확정된 무엇입니다.

나는 결혼해서 행복해질 수도 있고, 결혼한 걸 후회할 수도 있습니다. 결혼의 가능성은 개인의 행복, 혹은 불행을 향해 열려 있습니다. 그러므로 개인은 검토하고, 따져 보고, 계산함이 마땅합니다. 불행의 가능성 앞에서는 망설일 수도 있음이 이해됩니다. 아니면 브라상스의 노래에 나오는 현자처럼 어떤 소신을 위해 죽기 전에 한참 동안 무덤 주위를 돌 수도 있고…….

선택을 망설이고, 불편한 감정을 느낄 수도 있습니다. 하지만 우리가 왜 그토록 겁을 먹는지 갑자기 누가 묻는다면, 무어라 꼬집어 대답할 수 없을지 모릅니다. 미지의 가능성 앞에서 느끼는 이런 불편한 감정이 바로 불안입니다.

우리 앞에 제시되는 가능성들이 훌륭히 실현되리라는 보장은 전혀 없습니다. 환상을 통해 우리는 그것을 좋은 소식, 혹은

행복한 약속으로 볼지 모르지만 모든 선택 속에는 행복과 불행, 성공과 실패, 삶과 죽음이 내포되어 있습니다.

긍정적인 가능성들이 부정적인 가능성들보다 실현될 확률이 높은 것도 아닙니다. 각각의 결정에는 한 개인 전체가 걸려 있는데, 이것이 바로 가능성인 존재가 지니는 엄청난 힘의 비밀입니다. 존재가 가능성이라면, 개인의 존재는 바로 불안입니다. 개인성이야말로 존재에 직면한 인간의 본질적인 양상이라면, 그 주된 측면은 불안입니다.

장 도르메송

사는 것만으로는 충분치 않다

바흐와 모차르트는 자신들이 느끼는 기쁨을 표현하기 위해서 칸타타와 오페라 곡들을 작곡했는지도 모릅니다. 화가들은 세상이 아름다워서 그림을 그렸는지도 모릅니다. 그런데 작가들은 자신들의 괴로움 때문에 글을 쓰게 된다고 나는 생각합니다. 세상과 사람들의 마음에 고통이 있기 때문에 책들이 쓰여진다고 믿습니다. 이야깃거리가 없다면 아무도 글을 쓰지 않을 것입니다. 그리고 이야깃거리의 동인은 바로 고통입니다.

내가 쓴 나의 책들은 전부 다 어떤 괴로움에서 나왔습니다. 물론 나는 행복했습니다. 그러나 침묵할 정도로 충분히 행복하지

는 않았습니다. "문학은 사는 것만으로는 충분치 않다는 증거"라고 페소아는 쓰고 있습니다. 무엇인가 결핍된 것처럼 나는 느꼈습니다. 어떤 고통이 나를 부추겼습니다. 그 고통은 나를 내 자신으로부터 벗어나게 했습니다. 타인들을 향해, 내 자신을 향해 항의하기 위해서 나는 글을 썼습니다. 마음의 괴로움을 문법의 도움을 받아 약간의 행복으로 변화시키기 위해 글을 썼습니다.

마음의 괴로움은 많은 가면들을 쓰고 있었습니다. 여인의 얼굴들. 시대적인 불행이 우리로 하여금 떠나게 한 크고 오래된 성채의 모습. 너무도 아름답고 너무도 슬퍼서 눈물의 축제처럼 보이는 이 세상의 고통. 나는 글을 썼습니다. 언제나 그것은 내가 보다 다른 것을 꿈꾸기 때문이었고, 보잘것없는 나 자신을 위로하기 위해서였습니다. 내 존재는 나 자신에게는 너무나 커서 힘에 겨웠습니다.

내가 겪은 괴로움들은 지구상에서 그렇게도 많은 남녀의 삶을 파멸시키는 불행과는 거리가 멀었습니다. 나와는 거의 관계 없이 멀리서 벌어진 전쟁으로 인한 몇몇 경우를 제외하고는 나는 결코 배고픔을 겪지 않았습니다. 나에게는 항상 머무를 집이 있었습니다. 내 주변에는 항상 책들과 음악, 그리고 좋고 아름다운 것들과, 무엇보다 친구들이 있었습니다. 아버지가 돌아가시는 모습과, 이어서 어머니가 돌아가시는 모습을 지켜보았습니다. 그 죽음은 그분들과 아주 밀접하게 결속되어 있던 나에게는 가슴이 찢어지는 아픔이었습니다.

하지만 결국 그 고통은 정해진 법칙에 의한 것이었습니다. 나의 괴로움들은 필요 이상으로 넘치는 것과 불가피한 것 사이에서 맴돌았습니다. 그것이 실제적이지 않을 수 없는 것이, 인간은 물질적인 가난만큼이나 절망이나 사랑으로도 죽는다는 것이 사실이기 때문입니다.

"현실의 일들과 단절된다는 것은 아무것도 아니다. 하지만 추억과 단절된다는 것은…… 꿈들이 사라지는 것은 가슴을 무너지게 한다"고 샤토브리앙은 쓰고 있습니다.

어찌 보면 나는 생각보다 더 마음이 여렸던 듯합니다. 왜냐하면 내가 쓴 책들은 많은 경우 꿈들이 사라질 때 나왔기 때문입니다.

기다리기

그대는 궁정 시대의 연애를 기억하는지?

그 시대의 남녀는 사랑의 만남을 끝없이 늦추고 싶어했음이 분명합니다. 여인들은 자신을 사랑하는 기사들에게 수많은 시련들을 겪게 만들었습니다. 기사들은 여인을 얻기 위해 수많은 쟁탈전에서 승리를 거두어야 했으며, 수많은 괴물들과 정면 승부를 하지 않으면 안 되었습니다.

그 당시에는 지구상에 그런 괴물들이 우글우글했으니, 그런 다행이 없었을 테지요. 여인의 환심을 사고자 했던 남자들은 사랑하는 여인의 그런 요구를 차마 거절하지 못했습니다.

그는 어쩌면 사랑을 얻기 위해 떠나는 수많은 여행길에서 오히려 기쁨을 느꼈던 것일까요? 그는 어쩌면 사랑하는 여인이 끝내 자신의 손에 닿지 않는 곳에 머물러 있어 주기를 원했던 것일까요?

기다림은 기다릴 필요가 있는 사건들을 절대로 피해 가지 않습니다. 반대로 기다림은 그 사건을 이미 예감하고 있었으며, 그 첫 징조를 살짝 드러내 보여주곤 합니다.

내가 선택했거나, 혹은 선택한 여자나 남자를 기다리는 인내심. 그런 인내심을 갖기 위해서는 진실을 수호하겠다는 굳은 마음이 필요합니다.

대개 우리는 사랑하는 연인을 높이 추어올리거나 흥분시키고 싶어 안달합니다. 드디어 원하는 사람을 찾았다고 결정내리고, 이 사랑이 그동안 기다려 왔던 사랑이라고 맹세하기는 쉬운 일입니다.

대부분 우리는 몇 번씩이나 시나리오를 작성하고, 그 시나리오가 멋지게 완성되기 전까지 수없이 공들여 손질하는 노력을 가상하게 생각합니다. 그리고 적당하다 싶은 상대역을 발견하기 위해서 수 차례에 걸쳐 캐스팅도 해봅니다.

우리는 사랑이 '있을 수 없는 사건'이라는 사실을 절대로

받아들이지 않으며, 또한 그 사건이 내게 일어나지 않을 수 있다는 사실은 더더욱 믿지 않습니다. 흔히 우리는 행복 · 주거 · 노동의 권리를 요구하듯이 사랑의 권리도 주장합니다.

섹스 파트너를 수없이 바꿔 가는 사랑의 방황을 문제삼자는 것이 아닙니다. 내가 문제삼고 싶은 것은 우리의 착각입니다. 착각 때문에 우리는 자신이 모든 남자들, 혹은 모든 여자들 가운데서 큐피드의 선택을 받은 축복받은 자라고 생각하는 것입니다.

사랑하게 될 때

우리가 어떤 존재들을 사랑하게 될 때면 그에 대해서 하고 싶은 말이 너무 많아지기 마련이어서, 그런 것은 사실 우리 자신들에게밖에는 별 흥미거리가 되지 못한다는 사실을 늘 적당한 순간에 상기하지 않으면 안 됩니다.

오직 보편적인 생각들만이 사람들의 호기심을 자극합니다. 왜냐하면 그런 것은 이른바 그들의 '지성'에 호소한다고 여겨지기 때문입니다. 사실 사람들이 '깊이 생각하게' 하는 것이나, 슬프게 하는 것 쪽을 더 좋아하는 까닭도 따지고 보면 마찬가지 이유 때문입니다.

Romance Sketch

겨울,

우리는 다만 그 사람의 다정함만을
필요로 하는 게 아니라 그 사람에게도
다정해질 필요가 있습니다.
서로의 친절함 속에 갇혀
어머니처럼 서로를 보살핍니다.
우리는 모든 관계의 근원으로,
욕구와 욕망이 결합되는
그곳으로 되돌아갑니다.
다정한 몸짓은 이렇게 말합니다.
네 몸을 잠들게 할 수 있는 것이라면
뭐든지 청하렴. 그러나 또한 내가
너의 그 무엇도 즉시 소유하려 함이 없이,
너를 조금, 가볍게 욕망하고 있다는 사실은
잊지 말아 다오라고.

(롤랑 바르트)

톨스토이

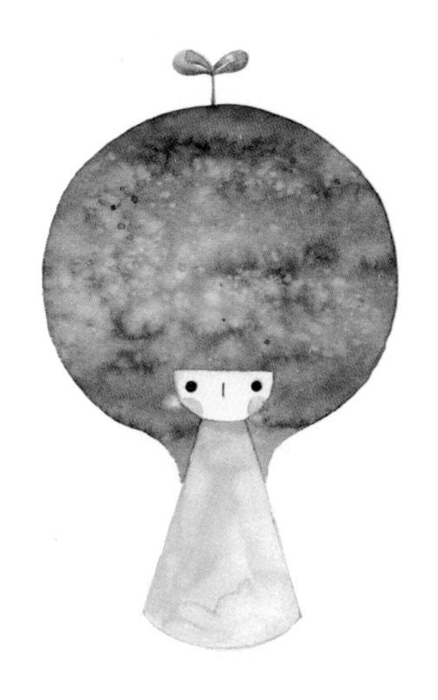

사랑의 싹

인간의 갖가지 욕망의 잡초 사이에 거의 눈에 띄지 않은 어린 싹이 자라고 있습니다. 처음에는 남들에게나 자기 자신에게도 이 싹은――나중에 새들이 둥우리를 틀 거목으로 자랄 것임에도 불구하고――그저 다른 모든 싹들과 마찬가지로 보일 뿐입니다. 아니, 그뿐만이 아니라 처음 한동안은 무럭무럭 자라나는 잡초의 싹을 더 좋아합니다. 그리하여 참된 생명의 싹은 저지당하고, 때로는 말라죽기도 합니다.

그러나 대부분의 경우, 그것보다도 더욱 나쁜 일이 일어납니다. 그러니까 사람들은 이러한 싹 속에 사랑이라고 일컫는 참된 생명

의 싹이 있다는 말을 들으면 그것을 짓밟아 버리고, 대신에 다른 잡초의 싹을 사랑이라고 부르며 기르기 시작하는 것입니다.

이보다 훨씬 나쁜 일도 일어납니다. 이를테면 사람들은 이 싹을 거친 손으로 움켜잡고서 "이거다, 이거야! 찾았어. 이제 이걸 키우는 거야. 사랑, 사랑이다! 이것이 최고의 감정이지. 이거다, 이거야!" 하고 소리칩니다. 그리고 그것을 옮겨 심고서는 교정(矯正)을 꾀하기도 하고, 또 손으로 마구 움켜잡고서 발로 짓밟기도 합니다. 하여 그 때문에 싹은 꽃을 피우지 못한 채 말라죽습니다. 그러면 사람들은 또 "이게 뭐야, 바보 같은 짓일 뿐이야. 이건 헛된 감상에 지나지 않아" 하고 말합니다.

사랑의 싹은 막 생겨났을 때에는 연하여 살짝 닿기만 하여도 움츠러들기 십상입니다. 충분히 성장하였을 때에야 비로소 강해집니다. 사람이 하는 짓은 모두 이것을 상하게 할 뿐입니다. 필요한 것은 단 한 가지입니다. 다름이 아니라 이성의 태양을 덮어 가리는 일이 없도록 하는 것입니다. 그렇습니다. 이성만이 이 싹을 성장시킬 수 있습니다.

가브리엘 마츠네프

그 누구도 대신할 수 없는 그녀만의 특별함

신앙이 있는 사람이라면 신은 인간 개개인과, 비록 그 사람이 세상 사람들의 눈에 아무리 하찮거나 타락해 보여도 관대하고 유일한 관계를 맺고 있다는 것을 잘 알고 있습니다. 하지만 무신앙자 역시 소중한 누군가를 잃게 될 때, 그 무엇도 대신할 수 없는 그 사람만의 특별한 본성을 느낄 수 있습니다.

연인과의 관계에서 그것을 알 수 있으며, 우정 관계에서는 더욱 확실히 느낄 수가 있습니다.

우정의 관계가 순수하게 정신적인 것인 반면에, 사랑의 관계에서는 정신적인 면 이외에 육체적인 면도 중요합니다. 즉 사

랑의 관계는 단지 두 마음, 두 영혼의 일치만이 아니라 두 육체의 일치까지를 뜻합니다.

사랑하는 여인의 여러 모습 가운데 유머나 말투처럼 정신 영역에 속하는 모든 것들은 그대가 그녀와 헤어지면 어쩔 수 없이 함께 잃게 되는 것들입니다. 물론 언젠가는 그녀만큼 재미있고 충동적이며 유머스러운 다른 여자를 만나게 되겠지만, 그녀와 똑같지는 않을 것입니다. 멋진 여자일 순 있지만 다릅니다.

그건 잠자리에서도 마찬가지일 것입니다. 그대에게 젊고 예쁘고 육감적인 연인이 있으며, 그대는 그녀의 관능적인 모습에 반했습니다. 그녀와 헤어지게 되면 그대는 다른 여자의 품에서 그녀를 잊으려 애쓰지만 성공하지 못합니다. 그건 그대의 키르케와 비교해 볼 때, 다른 여자들은 모두 끔찍하게 멍청하고 얌전하며 관능성과 음란성도 부족하기 때문입니다. 그대는 미친 듯이 화를 내며, 그대의 매혹적인 마법사를 그리워하게 될 것입니다. 그러다가 어느 날 아주 놀랍게도 그대를 매혹시키고, 그대에게 최고의 쾌락을 느끼게 해주는 새로운 키르케를 알게 됩니다.

육체적인 쾌락은 다른 사람이 줄 수도 있습니다. 하지만 지적인 면이나 영혼은 그렇지 못합니다.

나는 마리 엘리자베스를 그녀가 열여섯 살일 때 알았습니다. 1년 후 나는 그녀의 연인이 되었고, 그후 거의 10년간 우리

는 미친 듯이 서로를 사랑했습니다. 하지만 그녀는 한 불쌍한 인간과 결혼해 버렸고, 나를 자신의 인생에서 깡그리 지워 버렸습니다.

그녀에 대해 회상할 때면 그녀의 푸른 눈, 그녀의 억양, 그녀의 재치 넘치던 말들, 그녀의 움직이는 방식, 그녀의 분노, 그녀가 나에게 지어 준 다정한 애칭들에 대한 추억이 그녀의 품에서 느낀, 그렇게도 강렬했던 육체적 즐거움보다도 더 큰 비중을 차지했습니다. 육체적인 쾌락은 다른 여자들과의 관계에서도 느낄 수 있었습니다. 그렇지만 그녀에게만 있는 것, 그녀만이 가지고 있는 매력, 그 누구도 대신할 수 없는 그녀만의 특별함은 영원히 빼앗긴 것이 되어 버렸습니다.

내가 이야기하고자 하는 것은, 우정이란 전적으로 정신적인 것이기 때문에 친구를 잃어버리는 것은 연인의 경우보다 더욱더 회복하기 힘든 상황에 처하게 된다는 것입니다. 친구를 잃음으로써 그대가 잃게 되는 것은 절대 되찾을 수 없는 것이 되어 버립니다. 그렇기 때문에 오래된 우정을 깨기로 마음먹을 땐, 그 전에 먼저 오랫동안 생각해 보아야 합니다. 그대의 결정을 생각해 보고, 또 생각해 보아야 합니다.

피에르 쌍소

남녀가 서로 끌리는 것

유혹하는 것과 유혹당하는 것, 사랑하는 것과 사랑받는 것, 주목하는 것과 주목받는 것이 왜 이리 혼동되는지 모르겠습니다.

나의 시선이 이글이글 타오르며 한 여인에게 가닿을 때(누군가가 우리에게 시선을 고정하고 있으면 우리는 곧 그의 시선을 의식하게 됩니다), 그녀의 육체는 그저 평범한 동요가 아닌 거의 현실을 벗어난 듯한 떨림과 혼란에 사로잡힙니다.

사랑이 가득한, 자석처럼 끌어당기는 시선은 일단 목적을 달성하고 난 다음에는 같은 에너지로 되돌려지게 마련입니다. 물론 왔던 에너지에 이중의 가속도가 붙어서 말입니다.

이 왕복 운동은 중단될 기미를 보이지 않습니다. 곧이어 두 사람은 욕망을 억제할 길이, 그러니까 서로 결합하지 않으면 안 될 숙명에 놓입니다. 그러니 이런 상황에서 누가 유혹을 했고, 누가 유혹당하였느냐고 질문하는 것은 아무런 의미가 없습니다.

그렇다고 너무 자신만만해서는 큰코다칩니다.

어느 날, 친구들과의 모임에서 우연히 만난 앙리에뜨라는 여인에게서 눈을 뗄 수가 없었습니다. 그녀는 아무 말도 하지 않고 은밀하게 나를 빈방으로 끌어들였습니다. 격렬한 포옹이 끝난 후, 그녀는 또 한 마디 마로 없이 등을 돌려 많은 사람들 사이로 몸을 숨겨 버렸습니다.

나는 이내 나의 욕망하는 에너지가 덧없는 사랑에 잠시 머물다가 잦아들고 만 것에 고소를 금치 못했습니다. (이런 사랑에 미래가 있을 수 없다는 것을 애당초 알았어야 했습니다. 신속하지만 멋있게 끝나는 사랑 말입니다.)

한 화랑의 개막식 파티에서 알린과 나는 서로 눈을 뗄 수가 없었습니다. 그 이끌림이 얼마나 강하고 저항할 수 없는 것이었는지, 나의 입술은 어느새 그녀의 입술로 돌진하고 있었습니다. 이런 돌발 상황 때문에 그녀의 손에 들려 있던 유리잔이 기울어 칵테일이 드레스에 쏟아지고 말았습니다.

그녀는 천천히 잔을 테이블에 내려놓고, 손이 자유로워지자 나의 따귀를 세차게 후려쳤습니다. 마침 연사가 환영 인사를 하는 도중이었습니다.

이제 나는 나의 이론을 포기하려는 것이 아니라 다듬어야 할 상황에 봉착했습니다. 관심을 가지고 쳐다본다 해서 그것이 항상 매혹과 절제할 수 없는 욕망을 의미한다고는 할 수 없습니다.

어떤 사람들은 감동받은 척하지만 사실은 다른 생각을 하고 있는지도 모릅니다. 아니면 이 에너지의 목표가 어긋났던지, 그것도 아니라면 도중에 다른 곳으로 새어 버렸던지, 한참 왕복운동을 하는 동안 에너지가 충전되지 않았던지 하여 애초의 에너지가 눈부신 목표 지점에까지 가닿는 데 필연적인 기력이 없는 경우도 있을 수 있습니다.

그렇다면 어떻게 내가 가진 정보를 정확한 것으로 만들고, 또 보강할 수 있을까? 내가 알기로는 이 원리들을 설명한 선험적 물리학 저서들은 존재하지 않습니다. 그러니 현재로서는 만사에 삼가고, 일시적이나마 초현실적인 흐름에 몸을 맡기는 편이 나을 것입니다.

마술사가 되고 싶다고 해서 당장에 될 수 있는 것은 아니지 않겠습니까.

가려진 아름다움

"우리가 사랑하는 사람을 바라볼 때 탐색하는 듯하고, 불안해하고, 자꾸만 요구를 더하게 되는 태도, 다음번 만날 약속에 대한 희망을 주기도 하고 빼앗아가 버리기도 하는 말들에 대한 기대, 그리고 이 말이 입 밖에 나올 때까지 우리의 머릿속에서 교차되는 기쁨과 절망, 이 모든 것은 사랑하는 사람 앞에서 우리의 주의력을 너무나도 흔들어 놓기 때문에, 우리는 그 사람에 대한 명확한 이미지를 얻을 수가 없게 된다.

겉에 드러나는 모습만을 가지고, 그 너머에 있는 것까지 알려고 하는 모든 감각 기능들의 동시적인 활동, 필경 보통의 일상

에서라면 눈앞에 약동하는 수많은 모습이나 모든 종류의 맛, 여러 가지 행동에 대하여 너무나도 관대하게 될 우리는, 그 사람을 사랑하지 않을 때에 그 사람이 고정되어 있다고 생각한다.

그렇지만 일단 그 사람을 사랑하게 되면, 그 사람은 잠시도 가만히 있지 않는다. 우리는 그에 관한 흐릿한 사진 외에는 아무것도 가질 수가 없게 된다."(프루스트, 《꽃핀 소녀들의 그늘에서》)

즉 사랑에 빠진 사람은 자신을 사로잡고 있는 얼굴을 기억할 수 없는, 이상한 사람입니다. 뿐만 아니라 한 사람의 남자나 여자를 바라볼 뿐인데도 그 남자나 여자를 묘사할 줄 모르는 사람입니다. 왜냐하면 낭만적인 문구들은, 사랑과 미적 창조에는 바로 그와 같은 미묘하면서도 고통스러운 감수성이 발현한다고 해서 그것들을 칭송하기 때문입니다.

사랑에 빠진 사람은 형편없는 예술가이고, 그림을 그릴 수 없는 화가이며, 표현할 수 없음에 두 손을 들고 항복한 시인입니다. 사랑에 빠진 눈과 예술적인 눈은 서로 용납되지 않으며, 서로 묵인하는 일도 없습니다. 사랑하지 않는 사람이 지니는 특권(혹은 숙명)은 어렴풋함보다는 명확함을 취하는 것이고, 움직임을 초상으로 바꾸는 것입니다. 즉 표현을 하는 것입니다.

"나는 벌써 질베르트의 얼굴 모습이 어떠했는지, 그녀가 나에게 그것을 실지로 펼쳐 보이는 신성한 순간을 제외하고는 정말

로 알 길이 없었다. 나는 오직 그녀의 미소밖에는 기억할 수 없었다. 아무리 그녀의 얼굴을 기억해 내려고 노력하여도, 그토록 사랑하는 얼굴을 다시 볼 수 없었기 때문에, 쓸데없이 회전목마 주인과 보리설탕 장수의 얼굴들이 뚜렷하고 정확하게 떠오르는 사실에 짜증이 나곤 하였다.

이처럼 사랑하는 사람을 잃고 난 후에 꿈에서조차 그를 다시 볼 수 없는 사람들은, 이미 깨어 있는 동안에 너무 잘 알고 있어서 지겹기 짝이 없는 수없이 많은 사람들을 꿈속에서까지 계속해서 만나야 되는 사실에 몹시 화가 나게 된다."(프루스트, 《꽃핀 소녀들의 그늘에서》)

사랑받는 사람의 얼굴은, 그 얼굴의 화려함 때문에 길들여지기에는 너무도 생생합니다. 지나친 주목은 사랑에 빠진 시선을 혼란시킵니다. 지나친 주목이지 베르을 향한 비난에서 볼 수 있는 것 같은 지나친 상상은 아닙니다.

사랑하는 사람은 자기가 타자에게 꿈꾸고 있고, 자신의 자질에서 길어낼 수 있는 장점을 투영하지는 않습니다. 그는 다만 은밀하게 살피고, 탐색하고, 감시합니다. 사랑받는 사람의 얼굴에 어리는 모든 것은 그의 주의를 불러일으킵니다. 순간적으로 떠오르는 슬픈 표정과 움찔한 경련, 어렴풋한 기미와 몸떨림, 미소와 분노, 사랑받는 얼굴은 기호(記號) 더미입니다.

그러나 사랑에 빠진 사람은 그것을 선별할 힘이 없습니다. 이와 반대로 예술은 그것을 양식화하는 행위입니다. 그 중에서 쓸데없는 것은 지우고, 중요한 것만 남기는 능력입니다. 반대로 사랑에 빠진 사람에게는 모든 것이 극도로 중요합니다. 그러기에 그는 도저히 살기 힘든 세상에서 어쩔 수 없이 살고 있습니다. 상대방의 억양이 변화해도 어쩔 줄 모르고, 한순간의 이별도 불안을 일으킵니다. 그에게는 오직 징조만 있을 뿐 상세한 것은 아무것도 없습니다.

또 각각의 징표는 신비를 더욱 짙게 만들 뿐입니다. 그가 지닌 정열 탓에 그의 사전에 "별것 아니야"라는 말은 있을 수 없습니다. 그는 균형 감각을 지니지 못합니다. 사소한 과실을 비극으로까지 발전시키는 절묘한 재주를 지니고 있기 때문에, 사랑에 빠진 사람은 별것 아니라고 하여 휴전하는 기술을 알지 못합니다. 이러한 이유로 그는 사랑받는 얼굴에 평온한 이미지를 좀처럼 허용하지 않는 것입니다.

떨리는 얼굴, 그것은 그 얼굴에 사로잡힌 사람에게 두려움과 근심을 일으킵니다. 사랑에 빠진 사람들은 응시하기보다 우선 듣습니다. 타자의 말이 그의 외모보다 훨씬 중요하기 때문입니다. 얼굴의 조형적인 매력은 '그 다음'입니다. 현존은 약속되는가, 혹은 거부되는가? 사랑은 확인되는가, 혹은 침묵의 모호

함에 그치는가? 이는 타자의 심판 후에 알 일입니다.

"타자는 한층 높은 곳, 올림포스 산과 같은 곳에서 살고 있다. 그곳에서 모든 것이 결정되고, 그곳으로부터 모든 것이 내게로 내려온다."(바르트, 《사랑의 단상》)

우리는 우리가 사랑을 바치는 대상보다 우위에 서는 일이 없습니다. 사랑에 빠진 사람에게는 통찰력을 발동시킬 만한, 또 상대방의 상징적인 점유로 인하여 자기 포기를 해야 하는 가혹한 시련에 대한 보상으로서의 최소한의 여유와 평온도 결여되어 있습니다.

따라서 예술은 사랑의 자연스러운 배출구가 될 수 없습니다. 사랑은 얼굴에 대한 신앙이며, 예술에 의해 얼굴을 표현하는 행위는 오히려 금지됩니다. 사랑의 서정에 대한 끝없는 찬미에 사로잡혀 있어서는 안 됩니다. 사랑받는 얼굴은 모든 것으로부터, 심지어 사랑의 결정 작용을 가능하게 하는 얼굴의 아름다움으로부터도 달아납니다. 그것은 형상화할 수 없는 것입니다.

감정은 진정한 것

일반적으로 볼 때 감정과 마찬가지로 우리의 욕망도 우리를 두렵게 만듭니다. 왜냐하면 그것은 우리로 하여금 균형을 잃게 만들기 때문입니다. 우리가 욕망에 휩쓸리면 휩쓸릴수록 마치 그 자체가 자신의 해독제를 퍼뜨리듯 그것은 금욕과 규율에 대한 욕망을 더욱더 많이 퍼뜨립니다.

여기에 모순이 있습니다. 욕망을 죽이는 기능을 하는 규칙이 사실은 그 욕망 자체에서 발생합니다. 욕망은 불균형을 야기하기 때문에 이 불균형에 대처하기 위해 그 자체가 규칙의 욕망을 퍼뜨리는 것입니다.

따라서 우리는 자신의 감정을 두려워해야 할까요? 물론 그렇지 않습니다. 감정은 절대적으로 진정한 유일한 것입니다. 나는 사람들이 영화관에서 우는 것을 많이 봅니다. 우스꽝스러운 일이나 그건 진정입니다. 또 나는 사람들이 자신의 어머니가 죽었는데 울지 않는 것도 많이 봅니다. 말도 안 되지만 그 또한 진정입니다.

우리는 감정을 가지고 속일 수는 없습니다. 감정을 느끼거나 느끼지 않거나 둘 중 하나이기 때문입니다. 더 이상 왈가왈부할 게 없습니다. 우리가 어떤 감정을 느껴야 한다거나 느끼면 안 된다고 생각하기 위해 자기 자신에게 설교하는 모든 것, 이 모든 것은 생각들, 말대꾸들, 의무와 도덕들, 한마디로 말해 진짜가 아닌 것의 영역에서 나옵니다.

이것은 말로가 한 말과도 일맥상통합니다. "모든 것을 무시하는 사람이 헌신, 희생, 또는 그런 종류의 어떤 것을 정말로 만나게 되면 이전의 그는 끝장납니다." 그렇다면 왜 그럴까요? 그건 그저 그가 감정을 느끼기 때문입니다.

물론 감정은 그대로 하여금 길을 잃게도 하지만, 그대를 구해 주는 것도 아마 그것 자체일 것입니다. 무엇으로부터? 삶의 지루함으로부터.

호감을 사는 방법

사람들의 호감을 사기 위해서는 뛰어난 지능이나 풍부한 재력, 혹은 수려한 용모 등과 같은 유리한 조건들을 반드시 갖추어야 하는가?

간혹 어떤 남자들은 단순히 어느 한 여자를 유혹하고 싶은 마음을 품는 것만으로도 사랑의 대모험이 시작된다고 하는데, 그와 달리 대부분의 남성들은 구체적인 기회를 포착해야지만 상대 여성에게 접근하고, 그런 와중에서 여러 잡다한 생각으로 인해 안타깝게도 구애 작업은 흐지부지되고 맙니다.

전자에 속하는 남자들은 극소수라서 희귀종처럼 취급받습

니다. 그런 남자들이 여성들의 환심을 사려는 목적은 오로지 자신의 능력을 과시하기 위함입니다. 그리고 그들은 별다른 수고 없이 손쉬운 인생을 살아가기 때문에 많은 땀과 시간을 투자하며 살아가는 뭇 남성들의 선망의 대상이 되기까지 합니다.

일상에서의 실례를 들어 보면, 남녀 구별 없이 모든 이들로부터 환심을 사기에 집착하는 사람들의 경우를 생각해 볼 수 있습니다. 대개 출중한 외모를 지닌 사람들이 그 경우에 속합니다. 어찌 보면 그들은 사랑의 과정에서 겪게 되는 모든 희로애락을 맛볼 수 있는 권리를 행사하지 않는 것이라고도 할 수 있습니다.

그것은 테니스 경기에서 공을 몇 번 주고받기도 전에 간단히 경기를 끝내는 선수와 다를 바 없습니다. 뿐만 아니라 당사자 자신은 주어진 운명에 순응하며 삶을 살아가는 것이라고 철석같이 믿고 그렇게 행동합니다.

즉 개인은 제각각 선천적으로 적갈색 머리나 작은 키 혹은 길쭉길쭉한 팔다리를 갖고 태어나듯이 쉽게 타인의 환심을 사는 것도 선천적으로 주어진 재능이라고 주장하는 것입니다. 그는 사람을 만날 때마다 매번 "하느님, 간절히 부탁드리니, 상대가 내게 호감을 갖지 않도록 해주세요!"라고 마음속으로 외칩니다.

그런 부류의 미남미녀들은 이성과의 만남을 성공적으로 이끌지 못하는데, 그것은 상대 이성이 '저 사람은 내 마음에 쏙 드

는데. 그렇다면 이번에는 약간의 거리를 두고 좀 더 조심스럽게 행동해야겠어!' 등과 같이 지나치게 사사로운 경계심에 사로잡히기 때문입니다.

내가 알고 지내던 한 여인은 어떤 남성에게 홀딱 반한 적이 있었습니다. 그 남자는 붙임성도 좋고, 아무리 거만하게 행동해도 남들의 반감을 사지 않을 정도로 뛰어난 외모를 소유한 남자였습니다.

얼마간의 시간이 지난 끝에, 그녀는 마침내 상대 남자의 품에 안길 수 있게 되었습니다. 하지만 그녀는 그 남자에게서 그다지 큰 즐거움을 얻지 못한다는 사실을 깨닫게 되었고, 그제야 비로소 사사로운 경계심에서 벗어날 수 있게 되었습니다. 결국 그녀는 아무 일도 없었다는 듯이 그의 곁을 떠났습니다.

남성들을 유혹하는 방법을 활용한 '오바드' 란제리 제품 광고를 필두로, 여러 광고 매체들은 현대인들에게 육감적인 생활 패턴과 그에 대한 충동을 적극 유발시키고 있습니다. 이같은 선정적인 광고는 이제 위법이라고 할 수도 없고, 소비자들을 타락시킬 정도로 위해성이 강하지 않으며, 단지 지나친 악의나 위험 요소들을 배제하고 그 광고를 접한다면, 거기서 오히려 최상의 연애 기술을 발견할 수도 있습니다.

그것은 여럿이 즐기는 오락 게임과도 같은 것입니다. 아래에 기술된 광고 내용이 익살스러우면서도 한편으론 외설스럽기까지 하지만, 또한 그에 못지않게 흥미로운 것은 그 내용 자체가 광고 기법상 필수적인 것으로, 상대 이성을 육감적으로 매혹시킬 수 있는 연애 방법과 일치한다는 것입니다.

오바드 란제리 광고는 선정적인 장면으로 큰 성과가 기대되지 않는 구시대적 광고 기법을 그대로 답습하고 있습니다. 주로 내숭 행위와 관련된 것으로 '순진한 척하기' '무관심한 척하기' '상대의 자제심과 평상심을 깨트리기' '상대의 혼을 빼놓기' '상대의 마음을 혼란케 하기' '상대에게 마음을 내주는 척하다가 다시 멀어지기' '상대를 기쁘게 해주기' 등등이 있고, 뿐만 아니라 '상대와 장시간 산책하기' '상대의 요구를 단호하게 거절하기' '상대의 눈을 정면으로 바라보기' 등의 방법이 있으며, 또한 '상대의 약점을 적극 활용하기' '상대를 칭찬하기' '상대의 사기를 올려주기' '상대의 애정 부분을 건드리기(성적 흥분이라고 할까?)' '누군가의 구원의 손길을 기다리는 사람처럼 행세하기' '자신의 연약한 모습을 최대한 과장해서 드러내기' '수줍음을 많이 타는 척하기' 그리고 '이미 다른 파트너가 있다면 그의 험담을 늘어놓으면서 경쟁자를 무력화시키기' 등등이 있습니다.

그런 일련의 장면들이 종종 도덕적 기준과 상치되고, 더욱

이 현실성이 결여된 점에서 오바드 광고는 오히려 익살스럽기까지 합니다. 예를 들면 검은 레이스 팬티를 입고 "어둠 속에서 은밀하게 상대를 맞이하세요." 그러다가 "만일 그가 그런 당신의 모습을 보고 기절한다면 서둘러 구급차를 부르세요." 혹은 "상대가 당신의 그런 모습에 별다른 반응을 보이지 않는다면 최면술을 이용하세요"라고 말합니다. 또한 "그 최면 효과로 상대를 소파 위에 눕힐 수 있겠죠"라는 한층 도발적인 표현이라든가, "대담하게 행동하세요, 그의 성기를 덥석 잡는 거예요"와 같은 원색적 표현도 서슴지 않습니다.

연재 형식의 오바드 광고에서 볼 수 있는 선정적인 문구와 장면들이 실제에 활용된다면 그 행동들을 어떻게 해석할 수 있을까요? 각 장면들은 실제로 뭇 남성들이 여성 파트너에게 바라는 이상적인 행동을 구체적으로 보여주고 있다고 말할 수 있습니다. 상대 남성을 가소롭게 여기는 듯한 유혹적인 미소를 입가에 흘리는 모습은 실로 욕정적인 이미지라 할 수 있습니다. 이런 해석이 아니면 그 모든 광고 장면들은 별다른 의미를 지니지 않는 단순한 섹스놀이에 불과할 뿐입니다.

한편 그 광고 장면들을 실제 행동으로 옮긴다는 것은 생각보다 무척 흥미로운 측면을 띠게 됩니다. 남녀간의 사랑 문제에서 상대방의 마음과 관심을 사로잡기 위해서는 모든 경쟁자들을

물리칠 각오를 하고 최상의 연애 기술을 활용함이 마땅할 것입니다.

연애술을 사용하는 데 있어서 어떤 이들은 정공법을 택하기도 합니다. 정공법이라 함은 상대의 약점을 이용하기보다는 오히려 자신의 장단점을 모두 활용하면서 솔직 담대하게 행동하며, 또한 상대에게도 최대한 장단점을 드러낼 수 있는 기회를 부여하는 경우를 말합니다. 다시 말해 '결코 자신을 과대포장하지 않고' 또한 '통명스럽다거나 상냥한 모습을 보이는 등 자신을 있는 그대로 보여주는 것' 을 말합니다.

새로운 상대의 환심을 살 경우 최대한 신속하게 행동해야 하며, 큰 희생을 불러오는 다툼이나 불화는 최대한 피하는 것이 좋습니다. "나는 얼마 전까지 그를 사랑했었지만 이젠 그렇지 않아. 그러니까 더 이상 그에 대한 언급은 삼가 주길 바라." 이런 사고 방식은 평온한 삶을 영위하게 합니다. "전에는 저 사람을 사랑했었는데, 지금은 이 사람을 사랑하고 있어. 그런데 이 두 사람은 모두 개성이 뚜렷해서 새 애인이 옛 애인을 대신한다고 말할 수는 없어. 그리고 이별이 견딜 수 없을 정도로 고통스러운 것은 아니더군. 만일 옛 애인이 눈치가 빠르다면, 우리의 교제가 진지하지 않았다는 사실을 쉽게 감지하게 되겠지. 그렇기 때문에

내가 그의 곁을 떠난다 하더라도 그는 심하게 괴로워하지 않을 테고, 오히려 그도 원망이나 미련 없이 나의 곁을 떠나갈 거야."

사랑은 항상 유쾌한 것만은 아닙니다. 사랑은 거액의 돈을 모두 한 숫자에 배팅하는 도박과 같은 것입니다. 자칫하면 그로 인해 헤어날 수 없는 깊은 수렁에 빠질 수 있음을 우리 모두는 잘 알고 있습니다. 게다가 교제 기간 동안 겪게 되는 불안감과 질투심, 심지어 사랑의 희열까지도 우리를 흉측한 모습으로 변모케 합니다.

사랑은 우리의 심신에 엄청난 고통의 흔적이나 깊은 상처를 남겨 놓음으로써(특히 새벽녘에) 극도의 불쾌감을 안겨 주기도 합니다. 그렇게 갈기갈기 찢긴 육체와 영혼은 우리 내면 깊은 곳에 그대로 각인됩니다.

사람들은 흔히 사랑이 황홀할 것이라고 말합니다. 하지만 어떤 신적인 존재가 사랑의 희열을 맛보기 위해 사랑의 대상을 복제할 경우, 그때 느끼는 사랑의 도취감은 한편 두려움을 동반하기도 합니다.

사랑이 이렇게 양면성을 지니고 있다면, 사랑이라는 숭고한 영역에서 막 모험을 시작하려는 순간 상대의 환심을 사려던 마음은 즉시 소멸될 수도 있을 것입니다.

돈 후안은 유혹할 여자들의 명단에 열댓 명의 아가씨들이 더 추가된다 하더라도, 그 불어난 숫자에 전혀 개의치 않습니다. 그의 관심은 여자를 유혹하는 행위가 아닌 다른 것에 쏠려 있는 것입니다.

이를테면 신처럼 냉엄하게 자신을 지배하는 아버지에게 반기를 들고, 금기 사항들을 과감히 파기하며 극형도 마다 하지 않는 행동 말입니다. 그런 고귀한 행동은 그를 한층 더 매력남으로 부각시킴으로써 충동적으로 재미삼아 여자들을 유혹하는 속물과 구별해 주는 중요한 요소가 됩니다.

사랑의 묵계

둘이 함께 살고 싶다는 욕구와 부부가 된다는 두려움. 연인들은 곧바로 이런 불가능한 모순 속에 자리잡게 됩니다. 우리는 함께 살기를 원하지만, 아직은 아닙니다. 완전히 원하는 것은 아닙니다. 또 결정적으로, 돌이킬 수 없이 그러고 싶다는 것은 아닙니다.

'나' 가 '우리' 보다 우선시됩니다. 개인은 부부라는 정체성 속에 완전히 흡수되고자 하지 않습니다. 가정이라는 제국주의에 맞서 개인은 '자기만의 방' 을 지키려 합니다.

이제 커플들은 각자의 완고한 에고이즘을 고려하지 않으면

안 됩니다. 그들은 대략 다음과 같은 생각을 가지고 있습니다. 즉 둘이 함께하는 삶은 어떤 이유로도 포기할 수 없는 모험입니다. 단 그 삶이 우리에게 어떤 다른 모험도 금하지 않는다는 조건하에서 그렇습니다.

우리가 남몰래, 어떤 의식도 치르지 않고 부부가 되는 이유도 이렇게 해서 설명이 됩니다. 피로연을 벌이며 음악과 떠들썩한 분위기 속에서 올렸던 성대한 결혼식은 하나의 균열을 의미했는데, 오늘날 우리는 이 모든 것이 눈에 띄지 않도록 합니다. 어떤 변모를 축하하는 대신, 우리는 결혼을 선택하면서도 그 안에 독신 생활의 특성들을 끌어들입니다.

과거에 혼인은 '둘이 함께하는 세계'로 들어가기 위한 불가피한 관습이어서, 노처녀로 남고 싶지 않다든지 총각 생활을 접는다든지 하는 의미를 지녔었습니다. 그러나 이제 서서히 '절충적 세계'가 뒤를 이어, 연인들은 부분적인 변화들밖에는 인정하려 들지 않습니다. 이것임과 동시에 그 반대의 것, 혼자임과 동시에 결혼한 상태이기를 바라는 것입니다.

통과 의례들은 이제 돌이킬 수 없는 평가절하의 길을 밟고 있습니다. 이런 의례들보다는 여러 유형의 혼합과 계속 제자리걸음하는 나이, 여러 생활 양식의 상호 침투를 선호합니다. 결혼, 동거, 독신, 이런 3등분은 폐지되었습니다. 그리하여 공식적인

부부이면서도 독신자들처럼 살거나, 내연 관계이면서 평범한 남편과 아내처럼 사는 경우가 늘어나고 있습니다. 그런가 하면 세 가지 형태에 동시에 속해 있기 때문에 어떤 카테고리로도 분류될 수 없는 사람들이 많아지고 있습니다.

그리하여 가정은 회의주의자들과 변절자들이 점점 더 늘어나는 교회가 되었습니다. 이제 사람들은 미몽으로부터 깨어나고 있습니다. 연인들은 부부가 되면서도 더 이상 이 관계에 대해 믿음을 갖지 못하며, 반대로 둘의 작은 세계는 태어나자마자 자족의 위협 아래 놓이게 됨을 압니다.

커플에게 치명적인 것은 불화가 아니라 폐쇄성입니다. 결국 그들은 자신들의 사랑이 지속되도록 하기 위해 모든 것을 외부에 맡길 수밖에 없습니다. 절대로 문을 닫아서는 안 되며, 조금 열어두어야 한다고 그들은 생각합니다. 그렇다고 그들이 질투심을 초월했다는 의미는 아닙니다.

사실 이런 말은 하나마나한 것이 아닐까요? 거추장스럽고 위험하고 애매모호한 것이라면 모두 사랑에서 제거되기를 원해야 할까요? 그대가 때로 사랑 때문에 고통받거나 강한 독점욕에 사로잡힌다는 사실을 고백한다고 합시다. 욕망에 대해 전위적 사고를 가진 자들은 그런 당신을 경멸의 눈으로 바라볼 것입니다.

이 '해방된' 부부들은 몽매주의적인 열정을 거부합니다. 건

전한 감정의 소지자인 그들은 사랑의 해악들에 맞서 싸웁니다. 이런 해악들이 자신들에게는 필요치 않다는 듯이 말입니다. 실로 어리석은 테러 행위가 아닐 수 없습니다.

이것은 진정한 변화가 무엇인지 모르는 행동입니다. 우리가 부조리한 소유욕의 종말을 맞고 있는 것은 아니기 때문입니다. 우리의 사랑에는 아직도 심술궂은 면이 있습니다. 우리는 단지 모순되는 두 가지 집착 사이에서 분열되어 있을 뿐입니다. 즉 우리 자신이 독립성에 대한 집착과 상대방에 대한 집착입니다.

이런 적대적인 충동들 사이에서 우리는 불확실하고 일시적인 절름발이 절충안들을 쌓아올려 갑니다. 그리고 모험에 문을 열어두는 '대수롭지 않은 독점욕'을 생활 양식으로 삼습니다. 이것을 지혜라 할 것인가? 그렇지 않습니다. 이처럼 관용심이 늘어난다 해도 고통이 사라지지는 않으며, 협박이 제거되지도 않기 때문입니다.

절대적인 동시에 매우 타협적인 소유욕. 끊임없이 자체의 의미를 조정해 나가는 성실성. 안전의 욕구와 모험의 욕구를 절충시키고자 하는 화해의 노력. 이것이 오늘날 질투의 현황입니다. 그렇다고 연인들의 불성실성을 일찍이 보드빌이 부여했던 비좁은 의미로 축소시켜 해석할 수는 없습니다.

부부는 간통이라는 외적인 현실 외에도 수많은 다른 현실

을 안고 사는 것입니다. 다양한 불성실의 관행이 배제된 두 사람의 삶은 가능하지 않습니다. 그렇다면 왜 두 사람은 함께 사는 것일까요? 상대방으로부터 우리를 갈라 놓는 극단적인 감정을 무디게 하고, 그리하여 탈주가 가능토록 하기 위해서가 아니라면 말입니다.

내가 상대방을 영원히 내 곁에 두고 싶어하는 것은 그를 잊을 수 있는 여유를 갖기 위해서입니다. 더없이 견고한 부부 사이라도, 어떤 말로도 메울 수 없는 구멍이 있습니다. 사랑의 묵계에는 근접과 분리가 똑같은 비중을 차지하기 때문입니다.

질 투

질투하는 사람으로서의 나는 네 번 괴로워하는 셈입니다. 질투하기 때문에 괴로워하며, 질투한다는 사실에 대해 자신을 비난하기 때문에 괴로워하며, 내 질투가 그 사람을 아프게 할까 봐 괴로워하며, 통속적인 것의 노예가 된 자신에 대해 괴로워합니다.

나는 자신이 배타적인, 공격적인, 미치광이 같은, 상투적인 사람이라는 데 대해 괴로워하는 것입니다.

질투의 불확실성

질투에 대해 깊이 생각할수록 바람직하지 않은 것으로 여겨졌던 면면들이 다른 얼굴을 띠게 됩니다. 상황을 약간만 바꿔보아도 질투의 나쁜 면들이 달리 해석되며, 새로운 무엇인가를 드러냅니다.

이 새로운 것들이 우리가 충분히 목격해서 판단내린 것을 다른 시각에서 재해석하게 만드는 것입니다. 하나의 고정된 생각에서 벗어나려 애쓰면서 어떤 것에도 애착을 갖지 않습니다. 뚜렷하게 대비되는 것과 아무런 특징도 없는 것이 동시에 드러납니다. 증오와 사랑의 선을 분명하게 긋고 싶지만, 증오하면서

사랑하고 사랑하면서 증오하게 됩니다.

모든 것을 생각하고, 모든 것을 의심합니다. 그리고 모든 것을 생각하고, 모든 것을 의심했던 것을 부끄럽게 여기고 원망하기까지 합니다. 분명한 생각을 갖기 위해 끊임없이 노력하지만, 결코 그런 지경에 이르지 못합니다.

시인이라면 이런 과정을 시시포스의 고통에 비유했을 것입니다. 시시포스는 험한 길을 따라 바위를 힘겹게 끌어올리지만, 바위는 속절없이 산 아래로 굴러떨어집니다. 우리 신세가 시시포스와 다를 바가 없습니다.

저 앞에 산의 정상이 보입니다. 우리는 산의 정상을 향해 힘차게 올라갑니다. 희망을 품고 올라가지만 정상에는 결코 다다를 수 없습니다. 마침내는 꿈을 가질 수 없는 지경에 이릅니다. 진정으로 두려워해야 할 것이 무엇인지도 모를 지경에 이릅니다. 이렇게 우리는 불확실성의 노예가 됩니다.

사랑은 논할 성질의 것이 아니다

어떤 사람이든지 사랑의 감정 속에서 삶의 온갖 모순을 해결할 수 있고, 그것에 대한 희구가 인생 그 자체인 완전한 기쁨을 사람에게 줄 수 있는 일종의 특별한 것이 있다는 것을 알고 있습니다.

“그러나 그 감정은 극히 드물게밖에 일어나지 않으며, 오래 지속되지도 않으며, 또 그 뒤에는 흔히 더욱 좋지 않은 고뇌가 따르게 마련이다”라고 참된 생명을 터득하지 못한 사람들은 말합니다.

그러한 사람들에게 있어서는 그같은 훌륭한 사랑의 감정이

이성에 눈뜬 의식이 생각하는 것 같은 유일하고도 진정한 생명의 나타남으로는 보이지 않고, 고작해야 생명의 수천 우연사 가운데 하나——사람이 자기의 생존중에 경험하는 수천 가지 기분 가운데 하나——에 지나지 않는 것처럼 보입니다. 사람은 때로는 자신을 자랑하고, 때로는 과학이나 예술에 힘을 기울이고, 때로는 근무 · 명예 · 이득에 골몰하고, 또한 때로는 누군가 특정한 존재를 사랑합니다. 참된 생명을 터득하지 못한 사람들에게는 사랑의 기분은 인생의 본질로 보이지 않고, 자기가 한평생 끊임없이 봉착하는 다른 모든 기분과 같이 자기의 의지에서 독립된 우발적인 기분과 같이 생각합니다. 아니 그뿐만 아니라 사랑은 생명의 정상적인 흐름을 파괴하여 쓰라린 변칙적 기분을 느끼게 한다는 단정까지 빈번히 듣기도 읽기도 합니다. 이것은 마치 해가 뜰 즈음에 부엉이가 느끼는 그러한 감회와 같습니다.

그러나 사실은 비록 이런 사람들일지라도 다른 모든 상태에 있는 것보다도 더욱 중요하고 독특한 무엇인가가 사랑의 상태에 있다는 것을 느낍니다. 그러나 그들은 인생을 이해하고 있지 못하므로 사랑을 이해하는 일에도 실패합니다. 그리하여 이 훌륭한 사랑의 상태도, 그들에게는 다른 모든 상태와 마찬가지로 비참하고 속기 쉬운 것으로 보여집니다.

사랑한다고? ……그러나 누구를?

한순간의 것이라면 무의미하다.

하지만 영원히 사랑할 수는 없다…….

이러한 시구는 사랑 속에 인생의 불행으로부터의 구원과 참된 행복과 비슷한 유일한 그 무엇이 있다고 믿는 사람들의 막연한 의식과, 그와 동시에 인생을 이해하지 못하는 사람들에게 있어서는 사랑이 구원의 닻이 될 수 있다는 고백을 참으로 적절하게 표현하고 있습니다. 만일 사랑할 사람이 없다면 모든 사랑은 지나가 버립니다. 그러므로 오직 누군가를 사랑할 때에만, 영원히 사랑할 수 있는 사람이 있을 때에만 사랑은 행복이 될 수 있습니다. 그러나 그런 것은 없기 때문에 사랑 속에 구원이 없고, 또 사랑은 다른 모든 것과 마찬가지로 기만이고 고통입니다.

인생을 동물적 생존 이상의 것이 아니라고 배우고, 자신도 그와 같다고 설교하는 사람들은 사랑이라는 것을 이와 같이 이해할 수밖에 없습니다.

이러한 사람들에게 있어서 사랑이라는 개념은, 우리들 모두가 부지불식간에 사랑이라는 말에 부여하고 있는 개념과는 상당히 다릅니다. 그것은 사랑하는 사람과 사랑받는 사람들에게 행복을 주는 선량한 활동이 아닙니다.

자기의 삶을 자신의 동물적 자아 속에만 있는 것이라고 생각하는 사람들의 개념 속에서의 사랑은, 한 어머니가 오로지 자기 아기의 행복을 위해서 다른 굶주리는 아기로부터 그 어머니의 젖을 빼앗아 가면서까지 자기 자식만 잘 키우겠다고 끊임없이 부심하고 있는 것과 같은 결과를 초래하는 감정에 지나지 않습니다. 그리고 그것은 이 세상 아버지가 자기 자식의 안전을 염려한 나머지, 굶주린 사람들로부터 마지막 한 조각의 빵을 탈취하려고 고심하는 감정과도 같고, 더 나아가 그것은 한 여자를 사랑하는 한 남자가 그녀를 유혹하면서 그 사랑 때문에 자신도 괴로워하고 그녀까지 괴롭히며, 질투 때문에 자신이나 그녀도 파멸로 닫고 마는 감정과도 같습니다. 그리고 그것은 한 남자가 사랑 때문에 여자를 폭력으로 범하는 죄악을 짓기까지 하는 감정과 같습니다.

그것은 어떤 당파 사람들이 자기들의 이익을 옹호하기 위해서 다른 당파의 사람들을 해치는 감정과 같습니다. 좋아하기 때문에 스스로 괴로워하고, 또한 그 일에 의하여 주위 사람들에게 슬픔과 걱정을 끼치는 감정과 같습니다. 사람들로 하여금 사랑하는 조국에 대한 모욕을 견뎌내지 못하고 들판을 피아의 전사자와 부상자로 덮이게 하는 감정과 같은 것입니다.

사랑은 논할 성질의 것이 아니다, 사랑을 논하는 것은 사랑을 파괴하는 것이다——라고 말하는 그들의 견해는 옳습니다. 그러나 중요한 것은, 이미 자신의 삶의 뜻을 이해하기 위하여 이성을 사용하고 개인적인 삶의 복지를 거부해 버린 사람들만이 사랑은 논할 성질의 것이 못 된다——하는 데에 있습니다.

아직 삶을 이해하지 못하는 사람들, 자기의 동물적인 자아의 복지를 구하며 사는 사람들은 그것을 논하지 않을 수 없습니다. 그들은 자기들이 사랑이라고 일컫는 감정에 몸을 맡길 수가 있게 되기 위해서는 논하지 않을 수 없습니다. 그들에게 있어서 논하는 일 없이는, 해결할 수 없는 문제를 해결하는 일 없이는, 이 감정의 나타남은 모두 불가능합니다.

장래의 사랑이라는 것은 존재하지 않습니다. 사랑이란 오로지 현재의 활동입니다. 현재에서 사랑을 나타내 보이지 않는 사람은, 결국 사랑을 가지고 있지 않는 사람입니다.

참된 생명을 가지고 있지 않는 사람이 삶에 대해서 품는 생각에서도 이와 동일한 현상이 일어납니다. 가령 사람이 동물과 같이 이성을 가지고 있지 않다면, 그들도 또한 동물과 같이 삶에 대하여 생각해 보는 일 없이 생존할 것입니다. 그리고 그들의 동물적 생존은 정당한 것이고, 또한 행복한 것으로 될 것입니다.

사랑에 관해서도 마찬가지입니다. 즉 만일 사람이 이성이

없는 동물이었다고 한다면, 그들은 자기네가 사랑하는 것——즉 자기의 새끼이리, 자기의 무리——을 사랑할 것입니다. 그리고 자기가 그런 것을 사랑하는 것도 모르고, 또 다른 이리들이 각각 자기의 새끼이리나 무리를 사랑하는 것도 모르고, 그리고 또 다른 가축의 성원들이 자기 동료를 사랑하는 것도 모를 것입니다. 그리고 그들의 사랑은 그들이 현재 갖는 의식의 단계에 있어서 가능한 사랑이고 삶일 것입니다.

그러나 인간은 이성적 존재로서 다른 존재도 역시 자기와 똑같은 사랑을 가지고 있다는 것, 따라서 이러한 여러 사랑의 감정이 서로 충돌하여 사랑이라는 관념과는 정반대가 되는 행복하지 못한 무엇인가를 틀림없이 낳는다는 것을 보지 않을 수가 없습니다.

만일 사람들이 그들이 사랑이라고 일컫는 이 해로운 동물적 감정을 터무니없이 신장시키고 이를 정당화하고 강력하게 하는 데 그들의 이성을 사용한다면 그런 감정은 더욱더 선량하지 못한 것으로 될 뿐만 아니라, 사람들을 더욱 흉악하고 무서운 동물로 만들 것입니다. 그리고 복음서에 씌어 있듯이 "네게 있는 빛이 꺼지면 그 어둠이 얼마나 하겠느냐?"고 하는 현상이 일어날 것입니다. 이 인간에게 자기와 자기 자식에 대한 사랑뿐이 없다면 현재 사람들 사이에 일어나는 죄악의 99퍼센트까지 없앨 수 있었을 것입니다. 사람들 사이의 죄악의 99퍼센트는 그들이 사랑이라고 찬양하면서 일컫는 동물적인 삶이 인간의 삶과 비슷한 정도로 사랑과 비슷한 허위의 감정에서 생기는 것입니다.

인생을 이해하지 못하는 사람들이 사랑이라고 일컫는 것은, 자아로서의 자기에게 행복을 가져다 주는 어떤 조건을 다른 조건보다 좋아한다는 감정에 지나지 않습니다. 인생을 이해하지 못하는 사람들이 생존을 인생이라고 부르는 것과 같은 것으로, 이 사람들이 사랑이라고 말할 때 그 말의 뜻은, 그들의 개인적 생존의 특정한 조건의 다른 조건에 대한 선호를 뜻합니다.

이러한 감정——예를 들면 특정한 대상, 즉 자기의 자식에 대한 선호의 감정이라든가, 과학이나 예술과 같은 특정한 직업에 대한 선호의 감정이라든가, 과학이나 예술과 같은 특정한 직업에 대한 선호의 감정과 같은 것도 우리는 사랑이라고 일컫고 있지만, 그러나 무한히 변모하는 이와 같은 감정, 이와 같은 선호는 인간의 눈으로 볼 수 있고 손으로 만질 수 있는 착잡한 동물적 삶으로 전체를 구성하고 있고, 사랑의 주요한 표지——즉 목적으로서, 결과로서 복지 활동——를 가지고 있지 않기 때문에 사랑이라고 일컬을 수 없습니다.

이러한 선호가 나타날 때에 따르는 정열은 동물적 자아의

정력을 나타내는 것에 지나지 않습니다. 어떤 사람들은 다른 사람들보다 더욱 좋아하는 정열은 잘못된 사랑이라고 일컬어지고 있지만, 그러나 그것은 참된 사랑을 접목하여 열매를 맺게 할 가능성이 있는 야생의 사과나무에 지나지 않습니다. 그러나 야생의 사과나무가 사과나무가 아니어서 열매도 맺지 못하거나 혹은 달콤한 열매 대신에 쓰디쓴 것만을 맺는 것과 마찬가지로 편애의 감정도 사랑이 아니고, 또 사람들에게 선을 행하지도 못합니다. 아니 그것은 오히려 더욱 큰 악을 낳습니다. 따라서 과학 · 예술 및 조국에 대한 사랑은 말할 나위도 없고, 부녀자 · 어린이 · 친구 등에 대한 그처럼 찬미받아 마땅할 사랑까지도 동물적 생존의 특정한 조건을 한때 다른 조건보다 더 좋아한다는 감정에 지나지 않고, 또한 세계에 최대의 악을 가져다 주는 요소에 불과합니다.

아무리 그래도 비열해지긴 싫다

불편해질 상황을 자초해서 좋을 일이 무에 있겠는가!

나는 좀팽이가 되고 말았습니다. 연애 관계에 종지부를 찍을라치면 몇 개월 전부터 젖먹던 힘까지 짜내야 합니다. 쉴새없이 약속을 다음 기회로 미루거나, 만날 때 "이제 속마음을 털어놓겠어"라고 선언하거나, 그보다 조금 덜 무식한 방법이라면 "우리 관계에 확실한 선을 그으려고 해"라고 말해야겠다고 다짐합니다.

그녀들은 내 말을 이해하지 못한 척합니다. 이에 나는 모호한 말을 걷어치우고 좀 더 강도 있게 말하기 시작합니다. 그것이

여자들의 눈물샘을 자극합니다. 다음날, 울게 한 것을 용서받으려 온갖 입에 발린 소리를 다 동원합니다. 급기야 그녀 없는 인생은 아무런 의미가 없다는 말까지 끌어댑니다. 공을 들여 멋진 편지도 보냅니다.

그러다가 빙빙 돌리지 않고 사실을 말하기 위한 노력을 시작합니다. "꽃피는 봄날은 이제 다 지났다. 네 젊음을 남용할 권리가 내겐 없어."

그러면 그녀가 자기는 그다지 젊지도 않고, 나에게라면 자신의 꽃다운 청춘을 희생할 각오가 충분히 되었노라고 답합니다. 이렇게 하여 절교 장면은 감동적인 연애극으로 끝을 맺습니다. 수없이 되풀이되는 이런 일들이 나를 지치게 합니다.

나는 이제 애정의 굴곡과는 거리를 두고 현명하게 살기로 작정하였습니다. 그리고 그러한 나의 결정에 한 점 후회도 없습니다.

내 동료 몇몇의 야비함에는 기가 질립니다. 그들은 원하지 않는 관계를 끝내기 위해서라면 가장 치사한 전략도 마다하지 않습니다. 다시 말해 다른 사람들 앞에서 여자 친구에게 모욕을 주고, 바람맞히고, 오랫동안 준비해 온 여행을 결정적인 순간에 거절하고, 뻔뻔스럽게 거짓말을 하고, 여자 친구가 뭐라고 한마디만 하면 소리소리 지르며 화를 냅니다. 적어도 최소한의 인간성을 갖추고 있었더라면 그렇게까지 무지막지하게 굴지는 않았을 것입니다. 그러기는커녕 이런 부류의 사람들은 똑같은 인간들과 어울려 방탕한 생활을 하면서 무한한 기쁨을 느낍니다.

나는 사랑을 갈구한다는 핑계로 타인의 존재에 천박하게 끼어들어 왔다는 사실을 깨닫게 되었습니다. 의심할 줄 모르고 착하기만 한 그녀는 자신의 존재의 내밀한 문을 열어 주었습니다. 나는 열린 문을 통해 안으로 들어갔고, 그녀에게 설혹 가져다 주었을지도 모를 혼란 때문에 고민도 하지 않고 떠나갔습니다.

조금 늦은 감이 없지 않지만 그동안 수많은 경험에도 비열해지지 않고, 오히려 미덕을 얻었다는 것에 만족감을 느낍니다. 결국 다른 방법으로도 얼마든지 즐길 수 있지 않은가 말입니다.

Romance Sketch

그리고…

서로 사랑하는 연인들에게 영원한
이별이라는 말처럼 잔인한 말이
또 있을 것이라 생각해 본 적이 있으신지요?
한 달 후, 일 년 후, 그 장엄한 바다가
우리 둘 사이를 갈라 놓을 것을 생각하면
고통으로 가슴이 찢겨 나가는 것 같답니다.
티투스가 베레니스를 만날 수 없고,
내가 티투스를 매일 만나지 못하는데,
어떻게 해가 뜨고 해가 질 수 있겠는지요?

(라신)

감정의 망설임

현대의 커플들은 사랑을 장난삼아 합니다. 그들은 자신들의 불멸을 바라는 대신 이것도 저것도 아닌 미확정의 상태를 즐깁니다. 일생을 거는 약속의 엄숙함보다는 그날그날을 즐기는 삶의 자발적인 무분별을 선호합니다. 세련된 멋을 부리는 묘한 시대가 바야흐로 닥친 것입니다.

예전에 연애의 서곡을 이루었던 특징들, 즉 모호함과 긴장의 기술이 이제는 부부의 영역으로 넘어왔습니다. 오늘날에는 유혹의 전략들보다 가정 생활에서 더 많은 교태가 발휘됩니다. 요컨대 상대방에 대한 접근의 방법이 점점 가속화되고 단순화됨에

따라서, 합법적인 부부야말로 자체 안에서 세련된 멋부리기에 몰두합니다. 서로에 대한 애정이야말로 아양으로 표출되며, 수많은 핑계와 가정을 통해 조화를 이루는 것도 바로 부부입니다. 이 순간 두 사람 중 한 명은 "우린 언제까지나 함께할 수 있을까?"라는 치명적인 질문을 던지고야 맙니다.

그렇다면 커플이란 무엇일까요? 퇴색의 위험을 쫓아내기 위해 애정이 우연과 희롱을 벌이는 복잡한 술책?

그런데 무지의 욕구는 우리 모두가 하나의 운명을 소유하고 있을 때 더욱 절실해집니다. 여기서 운명이란, 하나의 삶이 전개되는 내내 그 삶에 대한 책임을 지는 것입니다. 세분화된 시간표의 구속과 봉급생활자가 감수해야 하는 총체적인 통제에 얽매인 시간입니다. 이처럼 변함없는 의례에 집착하는 것은, 진정한 삶을 살기에 우리는 너무 겁이 많기 때문입니다.

그러나 이것이 우리를 서서히 질식시킵니다. 이처럼 초라하고 별볼일 없는 삶을 살기에 우리는 지나치게 기력이 왕성한 것입니다. 우리 자신의 삶을 운명으로 바꾸어 놓아야 한다고 어떤 위대한 사람이 설파할 때 우리는 이 말에 찬사를 보내지만, 거기에는 거리를 둔 존경심과 예의가 깃들어 있습니다.

실제로 어떤 사람이 자기 자신에게 소설을 들려준다면, 이 소설에 활기를 부여하는 것은 운명을 삶으로 바꾸고자 하는 정

반대의 꿈입니다. 계획된 프로그램을 박차고 나와 불확실성에 접근코자 하는 모순된 욕구입니다.

그러므로 커플들의 결단성 없는 태도는, 미리 계산된 불확실성의 전략으로 보아야 합니다. 두 사람은 자신들이 맺고 있는 환한 관계의 빛에 약간의 그림자를 드리우기 위해 일부러 머뭇거리며 더듬습니다.

좀 더 깊이 있게 말하면, 사랑을 안전의 저주받은 부분이 되도록 하기 위해서입니다. "거봐, 하나같이 결과가 뻔한 일들이야"라고 절대로 우리가 말할 수 없는 존재의 영역이 되게끔 하기 위해서인 것입니다.

발터 벤야민의 말대로 유대인들에게는 미래에 대한 예견이 금지되어 있었습니다. "유대인에게 매초는 그 순간 메시아가 지나갈 수도 있는 좁은 문이기 때문입니다."

최악의 상황, 즉 권태가 어김없이 그들을 기다리지 않도록 하기 위해, 오늘날 수많은 연인들이 자신들의 미래를 두고 '의도적인 무지'를 택합니다. 종교적이라 할 만한 태도로, 그들은 사랑의 종착지를 미리 예측해 보는 일을 스스로 금하는 것입니다.

피에르 쌍소

아름다운 마무름

나는 지금껏 무슨 일을 하려 할 때, 내가 몸담고 있던 지난 일에 작별을 고하는 의식을 제대로 치러야 한다고 믿어 왔습니다. 그것은 언젠가는 끝을 보아야 하는 인내심을 요구하는 작업이었습니다. 그런데 이 작업에서 좀처럼 진전을 볼 수가 없었습니다. 이런 일을 불과 며칠, 아니 몇 달 만에 해치우는 이들과 달리 나는 작은 한 걸음의 전진에 의미를 두고 있었으므로 더디다는 점에 대해서는 전혀 마음을 쓰지 않았습니다.

내가 한사코 이상하게 생각하는 일이 있습니다. 도대체 사람들은 관에서 시신을 꺼내고 난 후, 그 관이 어떻게 되었을지에

는 도통 관심이 없는 것입니다. 그러나 그들은 나름대로 나의 무사태평한 일처리가 마음에 차지 않는 모양입니다. 무슨 일이건 '산만하게 처리' 하는 나의 성향은 주변에 의혹을 불러일으키기에 충분한 것이었습니다.

그렇다면 나는 영 일관성 없는 인간으로 전락한 것이란 말인가요? 나는 불치의 병에 걸려 놓고, 그 병에 걸린 것에 흡족해하는 참으로 이상한 병에 걸려 버리고 만 것입니다. 다른 사람들의 말을 한 귀로 듣고 한 귀로 흘려보냈는데, 이 때문에 사람들은 또 한번 분개했습니다.

프랑스 영화의 새로운 걸작이 출시되었다고 해서 손뼉을 치며 반기지도 않았습니다. 정치적인 추문으로 세상이 떠들썩할 때도 분개하며 발을 동동 구르지 않았습니다. 그러나 태양이 미적거리며 떠오르기를 늦출 때 슬픈 얼굴을 지어 그들의 화를 더욱 돋우었습니다.

사랑한다고 동네방네 떠들고 다니던 이를 저세상으로 떠나보내고, 너무도 빨리 삶의 기쁨과 집착으로 위안을 받는 이들을 나는 원망했습니다. 갓 열다섯 살 난 아들을 여읜 한 어머니가 쇼윈도에서 본 아름다운 봄옷의 화사한 빛깔에 매혹되어 살까말까를 주저하는 모습은 나를 절망케 합니다.

그보다 더한 일도 있습니다. 이 친구는 평생을 함께 살던 동거녀가 암으로 죽기 직전에 혼인 신고를 했습니다. 덕분에 그 재산의 일부를 낚아챌 수 있었던 이 작자는, 아내가 죽은 지 채 일주일도 안 되어 지역 무가지에 '50대, 홀아비, 교양을 갖춤, 신장 174센티미터' 라는 광고를 냈습니다. 나는 이 광고를 발견하고서 경악하며 동그라미를 쳐두었습니다.

그들의 가벼움은 이같은 논리로 설명됩니다. 그들은 영원하면서 지고지순한 황홀의 순간을 시도때도 없이 바라고, 그외의 행복이란 있을 수 없다고 굳게 믿고 있습니다. 가만히 기다리면 될 몇 달간의 공백 때문에 살가운 애정, 성적 만족, 오순도순 주고받는 잡담 등을 빼앗길까 두려운 것입니다. 이렇게 하여 그들은 결국 인생에서 유일한 자기 자신, 고독, 고독의 무한한 심연으로 돌아갈 수 있는 기회를 영영 잃고 마는 것입니다.

이런 사람들은 죽음이 그들의 인생에서 그 어느 누구와도 바꿀 수 없는 단 하나의 사랑을 앗아 갔다고 입술에 침도 바르지 않고 말할 것입니다. 그 유일한 사랑 대신 다른 유일무이하고도 대체할 수 없는 사랑을 찾으려고 온갖 수단을 다 동원하면서 말입니다. 인간 존재가 이처럼 배반의 대가로만 성취되는 존재라면, 우리들 모두 한낱 일회용품 같은 개개인에 불과하다면, 한 인생의 성공이 그의 친구들과 애인들의 숫자로만 가늠된다면 그런

인생에 대해서는 아예 성찰할 가치조차 없을 것입니다.

이런 나를 사람들은 새로운 돈키호테 정도로 취급했을 법합니다. 그러나 나는 가상의 난폭한 병사로부터 과부와 고아를 보호하지는 않았습니다. 그보다 그들 자신으로부터, 즉 운명이 그들에게 부여한 역할을 벗어나 그것을 배반하고자 하는 자신의 유혹으로부터 그들을 보호하려 한 것입니다.

그때부터 그들의 애무와 입맞춤, 즐거운 생일 잔치, 부부 싸움과 뒤따르는 화해, 뤽상부르 공원을, 해안선을 따라 손에 손을 잡고 하는 산책, "이리 와서 내 옆에 앉아" "아이가 울고 있네, 뭐가 잘못되었는지 좀 가보지 그래" "이번 주 토요일엔 맛있는 감자 그라탱을 해줄까" 하는 그들의 낯간지러운 말들에 분개했습니다.

분노는 내게 유익한 것이었습니다. 이 끊임없는 투쟁이 나의 슬픔과 사랑하는 사람의 부재로부터 눈을 돌리게 해주었던 것입니다. 나는 점차 나의 동시대인들과 으르렁거리는 일을 멈추고, 내 자신의 고통을 돌아보게 되었습니다. 과부나 홀아비들이 행복했던 순간, 일상 생활로부터의 일탈 경험을 다시 살아 봄으로써 스스로 위안을 삼는 것처럼 말입니다.

이렇게 그들은 기억의 도움을 받아 추억이라는 유익한 파

도에 몸을 맡기며, 서로의 손을 잡고 더 넓은 곳으로 나아가 우리 눈앞에서 영영 사라지고 맙니다. 아니면 영원히 끝나지 않을 소설을 쓸지도 모릅니다.

그들처럼 흘러간 과거 속에서 한 파편을 끌어냅니다. 그것에 색상을 덧입히면서 회복될 수 없는 것이 회복되고, 끔찍한 현실도 거부할 수 있을 것 같은 착각을 합니다. 나의 상상력, 나의 기억은 그런 일도 가능한 것으로 만들 만큼 충분히 생생합니다. 그렇다고 분명하지 못한 이유를 가지고 치유하는 활동에 전념하고 싶지는 않습니다. 그것은 아마도 내 상태가 생각한 것보다 심각한 때문일 테지요. 나는 다른 사람들보다 훨씬 멀리까지 나아갔고, 이제 당신들과 같은 길로 접어드는 일은 불가능해지고 말았습니다. 틀림없이 나의 길에는 나의 명예가 달려 있기 때문일 테지요.

프랑수아 드 라 로슈푸코

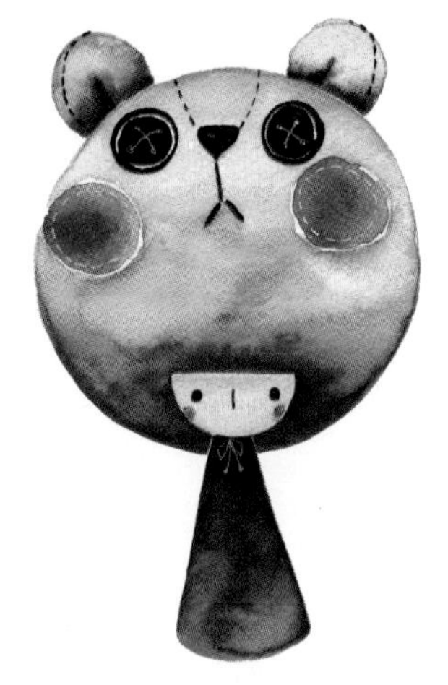

슬 픔

슬픔 속에는 온갖 위선이 감춰져 있습니다.

예컨대 우리는 소중한 사람의 죽음을 슬퍼하며 눈물을 흘리지만, 실제로는 우리 자신을 한탄하며 눈물을 흘립니다. 그 소중한 사람이 우리에게 베풀어 주던 호의가 영원히 사라진 것을 안타까워하는 것입니다. 그 사람의 죽음으로 인해 우리의 행복과 즐거움이 줄어든 것을 한탄하며 눈물을 흘리는 것입니다. 그러므로 죽은 사람은 살아 있는 사람들을 위해 흘리는 데 지나지 않는 눈물을 나누어 받는 것에 불과합니다.

내가 이런 슬픔을 일종의 위선이라 말하는 까닭은, 우리가

슬픔이란 가면으로 우리의 속내를 감추기 때문입니다.

그런데 세상에는 또 하나의 위선이 있습니다. 세상 사람들 모두가 이런 위선의 탈을 쓰고 있기 때문에 결코 달갑지 않은 위선입니다.

고통을 아름다운 불멸의 것으로 가꾸고 싶어하는 일부 사람들이 보여주는 슬픔이 바로 그것입니다. 이런 사람들은 슬픔의 원인이 완전히 사라지기에 충분한 시간이 지난 후에도 줄기차게 울어대고 탄식하며 끝없이 한숨을 뱉어냅니다.

마침내 그들은 누가 보아도 슬픔에 짓눌린 배우처럼 변해서, 그들이 세상을 떠날 때에나 그 슬픔이 사라질 것이라며 세상 사람들에게 동정을 사려 합니다.

이런 서글픈 허영심은 야심찬 여성에게서 주로 찾을 수 있습니다. 삶의 화려한 길로 내닫을 수 없는 여자로 태어난 탓에 상심한 모습으로라도 세상의 이목을 끌어 보려는 것입니다.

그런데 정반대로 쉽게 말라 버리는 눈물이 있습니다. 다정다감한 사람이라는 평판을 얻으려는 욕심에 흘리는 눈물이 그것입니다. 결국 동정받기 위해 우는 것이고, 상대의 눈물을 끌어내려 흘리는 눈물입니다. 그리고 울지 않는 것이 부끄럽기 때문에 흘리는 거짓 눈물입니다.

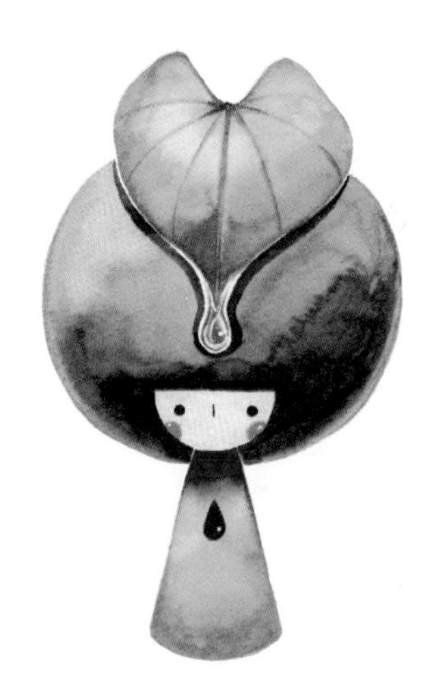

눈 물

어쩌면 '울음'은 너무 투박한 것이 아닐까?

어쩌면 모든 종류의 눈물을 동일한 의미로 간주해서는 안 되는 게 아닐까?

어쩌면 사랑하는 사람의 마음속에는 여러 명의 주체가 있어, 비슷하면서도 다른 방식으로 우는 게 아닐까?

'눈에 눈물이 나 있는' 이 '나'는 과연 누구일까?

혹은 어떤 날 '거의 눈물이 날 뻔했던' 또 다른 나는 누구일까?

'내 몸의 모든 눈물을 쏟으며 우는' 나, 또는 아침에 눈을

뜨자마자 '홍수 같은 눈물을' 퍼붓는 나는 누구일까?

이토록 다양한 울음의 방식을 가진 까닭은 아마도 내가 울 때면 언제나 누군가를 대상으로 하며, 또 그 수신자는 항상 동일한 인물이 아니기 때문일 것입니다. 나는 내 눈물을 가지고 주변에 행사하려는 공갈협박의 유형에 따라 내 울음의 방식을 조정하는 것입니다.

눈물을 흘리면서 나는 누군가를 감동시키려 하고, 또 압력을 가하고자 합니다. 아마도 그렇게 함으로써, 대개의 경우가 그러하지만 그의 동정심이나 무관심을 공공연하게 그 사람 탓으로 돌리고자 하는 것입니다.

그러나 그것은 나 자신에 대해서일 수도 있습니다. 내 고통이 환상이 아니라는 것을 내 자신에게 증명해 보이기 위해, 나는 눈물을 흘립니다. 눈물은 표현이 아닌 기호입니다.

나는 내 눈물로 하나의 이야기를 하며, 고통의 신화를 만듭니다. 그렇게 하여 나는 고통에 적응할 수 있으며, 또 그 고통과 더불어 살아나갈 수 있습니다.

나는 눈물을 흘리면서 가장 '진실한' 메시지, 혀의 메시지가 아닌 몸의 메시지를 거두어 주는 한 과장된 대화 상대자를 자신에게 부여하는 것입니다.

"말, 그것은 무엇인가? 한 방울의 눈물도 그보다 더 많은 것을 얘기하리라."

사랑의 상실인가, 애정 결핍인가

사랑을 잃고 절망에 빠져 있는 자에게는 어떤 말도 위안이 될 수 없는 것일까요?

한 부자가 일생 동안 고생만 하며 살아가는 가난한 사람에게 위로하기를, 가난이란 것은 큰 불행이 아니며, 그러기에 미래에 대한 희망만 간직하고 있다면 가난은 행복처럼 여겨질 것이라고 말합니다. 이와 같은 부자의 말에 담겨 있는 논리는 다른 곳에도 그대로 적용되기 마련입니다.

"당신은 사랑 한번 받지 못하고 어린 시절을 보냈다고 말하는데, 그렇다면 당신은 포근한 어머니 품에 안긴 적이 전혀 없었

는가? 당신이 비록 온갖 고생을 겪고는 있지만 그래도 목숨만은 확실하게 부지하고 있지 않은가, 자유자재로 마음껏 움직일 수 있는 건강한 몸을 소유하고 있지 않은가! 이제 당신은 스스로를 지나치게 비하하고 있음을 시인하고 위선적인 행동을 멈추기 바란다! 이제 성인이 됐으니 부모에게 의존하는 생활을 중단하고, 타인에게 지나친 사랑을 요구해서는 안 되며, 험한 인생 행로를 스스로 헤엄쳐 나가야 한다."

심리학자들은 그런 우리에게 초기 유년 단계를 완전히 벗어나지 못했다는 판정을 내릴 수도 있습니다. 유년기의 경험은 영원히 지울 수 없는 소멸 불가능한 상처를 우리 내부에 남겨 놓는다고 합니다. 정신과 전문의들의 이같은 주장에 대해선 전혀 의심할 여지가 없습니다. 여하튼 여러분들은 현재 살아 숨쉬고 있고, 모든 역경을 부단하게 잘 극복해 왔으며, 그렇기에 삶에 대한 욕구가 죽음에 대한 유혹보다 더욱 강렬한 것입니다. 여러분이 보기엔 이같은 내 주장에는 논리 근거가 빈약하게 보일 수도 있겠지만, 진정으로 타당한 또 다른 이유를 들어 보겠습니다.

당신을 슬프게 만드는 것은 사랑받지 못했다는 사실이 아니라, 사랑을 얻기 위한 의지와 그 방법이 부족했다는 사실입니다. 의지 부족 문제와 관련해서는 우리가 사랑을 구하는 사람의 위치에서 행동해야 하지만, 이유 여하를 막론하고 타인에게 사

랑을 강요할 권리는 없습니다.

사랑을 얻는 방법과 관련해서는 그 이전에 선행되어져야 하는 행위가 존재합니다. 그 선결 문제란 바로 호감을 사는 일입니다. 타인에게 호감을 사려 할 때, 속도의 완급을 조절하거나 혹은 중도에 포기하는 것은 전적으로 당사자의 의지에 달려 있는 것입니다. 강요해서 한 여성의 호감을 사려 할 때, 그 일에 커다란 중요성을 부여하고 자신의 목숨을 바치면서까지 그 여성의 마음을 사로잡으려는 이가 과연 존재할까요?

애인이 당신에게 결별을 선언하고는, 한마디 해명이나 논쟁 없이 슬그머니 자취를 감추었다고 가정합시다. 당신은 그 일이 사실로 믿겨지지 않을 것입니다. 예전에 그녀가 자신의 어린 시절이나 학창 시절, 그리고 사회 초년 시절 등과 관련해서 삶의 경험담을 장황하게 늘어놓을 때, 당신은 그녀를 완벽하게 이해했다고 믿었을 것입니다. 또한 그녀는 시장 보는 일이라든지 사소한 주변 문제 등을 당신에게 일일이 털어놓곤 했었을 것입니다.

그녀가 자취를 감춘 직후 당신은 그 행동을 일종의 장난, 이를테면 중학생이 학교 수업을 빼먹거나 혹은 덤불 뒤에 숨어서 부모를 당황하게 만드는 장난꾸러기들의 짓궂은 장난 정도로 치부했을 것입니다.

게다가 어떤 경우는 당신의 동료들까지도 침묵으로 일관함

으로써 그녀와 공모자가 되기도 합니다. 하지만 당신은 그런 친구들에게 다짜고짜 화를 낼 순 없는 일입니다.

프랑수아 드 라 로슈푸코

사랑의 단상들

존경하지 않는 사람을 사랑하기란 어렵습니다.

우리가 존경받는 이상으로 우리가 훨씬 존경하는 사람을 사랑하는 것 또한 쉬운 일은 아닙니다.

진정한 사랑은 아무리 감추려고 해도 오랫동안 감출 수가 없는 것입니다. 사랑하지 않으면서 오랫동안 사랑하는 체할 수도 없는 것이 이 사랑입니다.

사랑하는 이에게 충실하기 위해 자신에게 가하는 학대는 부

정한 짓을 저지르는 것과 크게 다르지 않습니다.

사랑하지 않겠다는 결심으로 자신에게 가하는 학대는 사랑하는 이의 매정함보다도 견디기 힘든 고통입니다.

성실한 이는 미친 듯이 사랑할 수는 있어도 바보처럼 사랑하지는 않습니다.

사랑받는 사람을 향한 증오는 사랑받고 싶다는 욕망의 증거입니다. 그렇기에 사랑받지 못하는 사람은 사랑받는 사람을 경멸함으로써 분노를 조금이나마 달래고 가라앉힙니다.

이 때문에 우리는 사랑받는 사람을 존중하지 않지만, 그들을 향한 세상 사람들의 찬사까지 어찌 막을 수 있겠습니까?

질투는 사랑의 산물입니다. 하지만 사랑이 끝난다고 질투까지 없어지는 것은 아닙니다.

사랑을 정의하기란 쉽지 않습니다. 기껏해야 이렇게 말할 수 있을 것입니다. 영혼의 사랑은 지배의 열정이고, 정신의 사랑은 동정이며, 육체의 사랑은 많은 비밀이 있은 후에 사랑의 대상

을 소유하려는 은밀하고도 미묘한 욕망일 뿐입니다.

사랑에 빠진 이들의 문제는 사랑을 언제 끝내야 할지 모른다는 것입니다.

사랑받기 위해서 사랑한다면 커다란 착각입니다.

사랑하는 두 남녀가 함께 있는 것을 조금도 지루해하지 않는 것은 자나깨나 그들에 대한 이야기만 나누기 때문입니다.

사랑에 빠진 여자는 작은 실수보다도 커다란 잘못을 더 쉽게 용서합니다.

사람은 사랑에 빠질 때 가장 믿는 것마저도 의심하는 경향이 있습니다.

다른 열정이 섞이지 않은 순수한 사랑이 있다면, 그 사랑은 마음 깊숙이 감춰져 우리 자신도 알지 못하는 그런 사랑일 것입니다.

사랑의 아픔은 하루라도 빨리 떨쳐내는 것이 낫습니다.

행복을 잃고 싶지 않다면, 사랑하는 사람에게 속는 것이 사랑의 미혹에서 깨어나는 것보다 낫습니다.

사랑하는 만큼 용서하는 법입니다.

인생의 황혼기처럼 사랑의 황혼기에도 우리는 즐겁기 때문에 사는 것이 아니라 마지못해 사는 것입니다.

사랑의 즐거움은 사랑하는 행위 자체에 있지만, 우리는 상대에게 열정을 쏟을 때보다 열정을 몸에 그대로 간직할 때 보다 행복한 법입니다.

사랑하는 여인에게 시달림을 받을 때보다 다정하게 지낼 때 그 여인에게 충실하기가 더 힘듭니다.

그저 결과로 사랑을 판단한다면 사랑은 우정보다 오히려 증오에 가깝습니다.

사랑에서는 속임수가 경계심을 이기는 법입니다.

사랑에는 한 가지 종류밖에 없습니다. 그러나 사랑을 흉내 낸 거짓 사랑은 헤아릴 수 없이 많습니다.

진정으로 뜨거운 사랑에는 질투심마저 끼어들 여지가 없습니다.

부정(不貞)이 사랑의 불씨를 꺼뜨립니다. 질투할 이유가 있어도 질투해서는 안 됩니다. 질투 따위는 생각지도 않는 사람만이 질투받아 마땅할 뿐입니다.

대부분의 여자가 연인의 죽음을 슬퍼하는 것은 사랑했기 때문이기도 하지만, 앞으로 다른 남자에게 사랑받고 싶은 욕심 때문입니다.

사랑이 식었을 때 과거에 서로 사랑한 것을 부끄럽게 생각하지 않는 사람은 거의 없습니다.

우리는 남녀 관계에 무작정 사랑이란 이름을 붙여 줍니다.

하지만 베네치아의 영주가 베네치아의 길거리에서 벌어지는 일에 무관하듯이, 진실한 사랑은 세상에서 말하는 사랑과 거리가 멉니다.

사랑의 묘약이라고 언급되는 것은 많지만 꼭 들어맞는 약은 없습니다.

여자는 사랑을 하지 않을 때에도 사랑을 하고 있다는 착각에 종종 빠지곤 합니다. 소설과 현실의 혼동, 남자의 친절에 울렁대는 가슴, 사랑을 받고 싶은 욕망, 사랑의 구애를 거절하는 괴로움 등으로 인해 여자는 애교를 부리는 것만으로 사랑하고 있다는 착각에 빠지는 것입니다.

변함없는 사랑은 끝없는 변덕이라고도 할 수 있습니다.

우리는 사랑하는 연인의 온갖 장점들을 앞에 두고서, 어느 때에는 이런 장점을 어느 때에는 저런 장점을 떠올리며 사랑을 이어가기 때문입니다.

여자는 사랑의 열정에 휩싸일 때, 처음에는 연인을 사랑하지만 나중에는 사랑 자체를 사랑합니다.

진정한 사랑은 영혼과 비슷한 것이라 말할 수 있습니다. 모두가 진정한 사랑에 대해 말하지만 진정한 사랑을 본 사람은 거의 없기 때문입니다.

변함없는 사랑에는 두 가지 유형이 있습니다.

사랑하는 사람에게서 새로이 사랑할 것을 끊임없이 찾아내는 것이 그 한 가지이며, 다른 한 가지는 체면 때문에 절개와 지조를 지키는 것입니다.

사랑은 불처럼 끊임없이 움직여야 지속될 수 있습니다. 희망이 사라지거나 걱정이 사라지는 순간 사랑의 생명도 끝나는 것입니다.

굳센 정신은 사랑의 유혹을 견뎌내는 힘이기도 하지만, 뜨거운 사랑을 오랫동안 유지시키는 힘이기도 합니다. 그렇기에 의지력이 약한 사람은 숱한 유혹에 흔들리면서 열정의 진정한 환희를 결코 느끼지 못합니다.

새로운 열정

정확히 50년 전, 나는 바랑스 부인을 처음 만났습니다. 당시 그녀는 스물여덟 살이었습니다. 나는 겨우 열일곱 살에 지나지 않았는데, 지금도 알 수 없는 나의 천성은 당연히 생명력 넘치는 내 가슴에 새로운 열정을 부추겼습니다.

그녀가 쾌활하고 친절하며 겸손한데다가 꽤 상냥스러운 얼굴의 한 젊은이에게 호의를 가졌던 것은 그다지 놀랄 만한 일이 아니었습니다. 재기와 친절로 가득 찬 한 매력적인 여성이 고맙게도, 내가 정확히 어떤 감정인지 구별하지 못했던 아주 다정한 감정으로 내게 영감을 불어넣어 주었던 것 또한 그리 놀랄 만

한 일이 아니었습니다.

하지만 흔히 있을 수 없는 일은, 그 첫 순간이 피할 수 없는 사슬이 되어 내 남은 생의 운명을 결정해 버렸다는 사실입니다. 아주 소중한 능력들을 계발하지 못한 내 영혼은 여전히 어떤 결정적인 형태도 형성하지 못하고 있었습니다. 영혼은 애타게 자신에게 그 형태를 부여해 줄 순간을 기다리고 있었지만, 그 순간은 그렇게 빨리 오지 않았습니다. 교육이 내게 부여한 소박한 품성을 가지고 살던 나는, 사랑과 순결함으로 가득 차 있는 내 가슴에 감미롭지만 짧았던 그 상태가 오랫동안 지속되는 것을 보았습니다.

그녀는 나를 멀리했습니다. 그러나 모든 것이 그녀에게로 나를 되돌아오게 했기에 나는 돌아와야만 했습니다. 그렇게 그녀에게 돌아온 일은 내 운명을 결정해 버렸는데, 그녀를 소유하기 훨씬 오래전부터 나는 오직 그녀 안에서, 그녀를 위해서만 살았었습니다.

아아, 그녀가 내 마음을 가득 채워 주었듯이 나 또한 그녀의 마음을 가득 채워 주었으면 좋으련만!

우리는 얼마나 평화롭고 달콤한 날들을 보냈던가! 그렇게 수많은 날들을 보냈건만 그 날들은 쏜살같이 지나가 버렸으며, 어떤 운명이 그 뒤를 이었던가!

내가 순수하게, 그리고 방해받지 않고 전적으로 나 자신이었으며, 내 삶을 살았다고 진정으로 말할 수 있는 내 인생의 그 유일하고 짧았던 시기를 나는 기쁨과 감동어린 마음으로 회상해 보지 않은 날이 단 하루도 없습니다.

나는 베스파시아누스 치하에서 면직당하고 여생을 평화로이 마치기 위해 시골로 내려간 그 로마제국의 총독이 했던 말과 비슷하게 말할 수 있습니다. 이 땅에서 나는 70년의 세월을 보냈지만, 그 가운데 7년만 내 삶을 살았을 뿐이라는.

그 짧았지만 소중한 순간이 없었던들 나는 아마 나 자신에 대한 확신을 갖지 못하였을 것입니다. 왜냐하면 나약하고 저항력이 부족했던 파란만장한 내 삶 속에서, 나는 타인들의 열정들에 너무도 동요되거나 괴롭힘당함으로써 거의 무기력해져 버린 나머지 내 행동 속에서 진정한 나의 것을 분별하기가 어려웠을 것이기 때문입니다. 그만큼 가혹한 고난이 끊임없이 나를 괴롭혔습니다.

하지만 친절과 온정이 넘쳐나는 한 여성의 사랑을 받았던 그 짧은 몇 년 동안 나는 하고 싶은 일을 했으며, 내가 원하던 모습의 인간으로 살았습니다. 뿐만 아니라 그녀의 가르침과 본을 받아 여가를 이용해서 아직 소박하고 깨끗한 내 영혼에 그 영혼에 대해 더 적합하고 이후 그 영혼이 끊임없이 간직했던 형태를 부여할 수가 있었습니다.

내 마음속에는 그것의 양식인 확장지향적이고 상냥한 감정들과 함께 고독과 명상에 대한 취향이 싹텄습니다. 혼란과 소란은 그 감정들을 억누르고 질식시킵니다. 고요와 평화는 그것들을 북돋우며 고양시킵니다. 나는 사랑하기 위해서 명상에 잠길 필요를 느낍니다.

나는 바랑스 부인에게 시골에서 살도록 권유했습니다. 계곡의 비탈에 있는 외딴집 한 채는 우리의 은거지가 되어 주었습니다. 네다섯 해 동안 내가 1세기 동안 삶을 향유했을 뿐 아니라 내 현재의 운명의 온갖 끔찍한 것들을 어떤 마력을 가지고 감싸주고 있는 순수하고 충만한 행복을 향유했던 것은 바로 그때였습니다.

나는 내 마음이 진심으로 원하는 여자 친구가 필요했었습니다. 나는 그 여자 친구를 소유했습니다. 나는 전원에서 살기를 원했습니다. 나는 그곳에서 살았습니다. 나는 예속을 견딜 수가 없었습니다. 나는 완전히 자유롭게 살았습니다. 아니, 그 이상이었습니다. 왜냐하면 내가 애착을 가지는 것들에만 예속된 나는 내가 하고 싶은 일만을 하였기 때문입니다.

나의 시간은 온통 애정어린 보살핌과 전원에 관한 일들로 가득 채워졌었습니다. 나는 그와 같은 달콤한 삶이 지속되는 것

말고는 아무것도 바라는 것이 없었습니다. 내 유일한 걱정은 그 상태가 오래 지속되지 않을 수도 있다는 데 대한 두려움뿐이었습니다. 그런데 우리의 부자연스러운 처지에서 생겨나는 그 두려움은 근거 없는 것이 아니었습니다. 그리하여 나는 내 불안을 해결해 줌과 동시에 그 불안이 가져오는 여파를 예방하기 위한 능력을 키워야겠다고 생각했습니다.

나는 재능을 쌓는 것이 그 불행을 예방하기 위한 가장 확실한 길이라고 생각했습니다. 그리하여 나는 이 세상의 여성들 가운데 누구보다도 훌륭한 그 여성이 내게 베풀어 주었던 은혜에 대해 언젠가 보답할 수 있도록 내 여유 시간을 활용하기로 결심했습니다.

나만의 자유를 찾아서

"나는 아무것도 후회하지 않는 영혼 속의 환희를 안고 떠났습니다." 출발이 진정한 탈주일 때, 그 환희는 절정에 도달합니다.

플롱 감옥에 여러 달 동안 구금된 이후, 카사노바는 새벽녘 극적으로 탈옥합니다. 그리고 그는 곤돌라를 타고 다시 모험을 떠납니다.

"나는 그때 내 뒤로 펼쳐져 있는 매우 아름다운 운하를 바라보았습니다. 단 한 척의 배도 보지 않고, 희구할 수 있는 가장 아름다운 하루를 감상하면서……." 행복에 겨운 도망자는 오열

을 터뜨립니다. 그리고 가지고 있던 유일한 의상인, 체포될 당시 입고 있었던 파티복으로 갈아입습니다. 날이 밝아올 무렵 도망자가 눈물로 찬양하는 축제는 바로 그의 자유의 축제입니다.

사람들이 자주 강조한, 그리고 비평한 《나의 인생 이야기》는, 그 묘사가 정확하고 해박하지 않았다면 우리로 하여금 여행하고 싶은 생각을 갖게 하지 않았을 것입니다. 펠리니는 독서를 전화번호부 책을 읽는 것에 비교합니다.

그러나 그런 추억들을 사라진 세계를 향해 열린 창문으로서, 지나간 장면들에 대한 노스탤지어 속에서가 아니라 여행의 신호 아래서 경험한 인생의 내레이션처럼 생각한다면, 그 글은 열정의 서술로써 우리를 감동시킵니다. 그의 인생을 한 편의 연극과 구분하지 못하고, 그 연극을 예술로 이해하는 열정의 기술로써.

카사노바는 우리의 현재를 보다 강렬하게 만들 수 있도록 현재의 조직을 파괴하게 이끌고, 우리가 온 힘을 다하여 소모, 습관의 무기력한 권력, 그 일상의 마비로부터 달아나도록 이끕니다.

카사노바는 그가 알고 있는 로마나 베네치아의 전경을 보여주지 않습니다. 오히려 그것보다 낫습니다. 그는 우리에게 그와 같은 쾌락의 탐욕으로 포석을 다지고자 하는 열정을 줍니다.

그는 우리가 그저 작은 것에 만족하거나, 음침한 밤과 음울한 아침을 체념하고 받아들이지 않도록 자극합니다.

"부인, 행운의 여신은 변덕스럽습니다"라고 그는 쓰고 있습니다. 그가 우리에게 교사하는 것은 그녀를 유혹하는 방법입니다. 행운의 여신이라! 눈에 붕대를 두른 여신, 앞을 못 보는 행운의 분배자, 그가 추구하는 것이 바로 그녀입니다. 그녀가 개입하는 기적적인 순간에 그가 자신의 자유에 대한 윤리를 어김없이 이행하고, 매일 하루를 그가 출현하기에 이상적인 연극으로 만들고자 하는 것이 바로 그녀를 위해서입니다.

그는 한 도시를 떠날 때 멀어져 가고 있는 그곳을 뒤돌아보는 법이 없습니다. 마차 속에 편안히 자리를 잡고는 자신의 나이에 대해서 곰곰이 생각하고, 자신의 부와 건강에 대해 평가합니다.

그는 자신이 앞으로 즐길 수 있는 기회를 가늠합니다. 다음 단계의 시나리오를 구상합니다. 어떤 때는 낯선 도시에 도착하여 자신을 둘러싼 온갖 이야기를 꾸며내고, 또 어떤 때는 아무렇게나 내버려두기도 합니다.

왜냐하면 행운의 여신은 전략적인 정확성, 우리의 가능성에 대한 냉정한 통찰력과 예측할 수도 생각할 수도 없는 막연한 음모 둘 다를 좋아하기 때문입니다. 행운의 여신은 편집광적인 쾌

락에 빠져 있으나 자신의 충족감이 오락과 표류, 포기의 기술을 내포한다는 사실을 이해한 사람들에게만 행운을 제공합니다. 내일에 대한 기약 없이 일시적으로.

불굴의 개인적인 결단력과 세상과 일련의 상황에 부여된 한계 없는 권력 사이의 일종의 이중적인 유희. 그는 아주 침착하게 이렇게 선언합니다.

"나는 여자들을 미치도록 사랑했지만, 언제나 그들보다는 나의 자유를 더 사랑했습니다. 내가 그것을 희생할 위험에 처할 때, 나 자신을 구한 것은 순전히 우연이었습니다."

돈 주안은 계획적으로 행동하고, 카사노바는 되는 대로 행동합니다. 그는 순전히 강렬함, 감정의 극치, 마음의 충격의 상태에 따라서 생각합니다. 심지어 홀로 남거나 얽매이지 않고 관계를 증대시키고자 하는 의지조차도 그의 연극적 성격과 순수성에 속합니다. 자신의 변덕만을 따르고, 주사위놀이로 운명을 희롱하는 행운의 여신을 위해 얽매이지 않은 상태로 남고자 하는 그의 비밀스럽고 꾸준한 근심에 속합니다.

카사노바는 풍경이 아닌 새로운 상황을 찾아다닙니다. 그는 여행자가 아니라 모험가입니다. 그 자신의 인생을 천재적으로 연출하는 연출자입니다. 카사노바가 자신의 규칙에 반하여 한 여

인과 함께 베네치아를 떠나, 그녀와 함께 그의 방랑 생활을 공유하려 했던 순간에도 그는 결국 거절했습니다.

"그녀의 운명은 나의 운명과 결부되었지만, 나의 인생은 완전히 다른 숙명에 좌지우지될 것이다……"라고 그는 적고 있습니다. 그 자신만의 인생의 그림은 그로 인해 뒤죽박죽이 될 테고, 그러는 동안에 운만을 믿고 한번 모험을 해볼까 하던 번민과 함께 그의 성공의 순간 또한 사라지고 말 테니까요.

알랭 우지오

그 무엇도 삶만큼의 가치는 없다

누군가에게 더 이상 희망이 없을 때, 아마 가장 시급한 일은 그가 희망을 되찾는 것이 아니라 희망 없이 사는 법을 배우는 것입니다.

명석한 인간의 임무는, 이 희망의 부재에서 어떤 의미를 찾는 것입니다. 또 절망과는 거리가 먼 이런 희망의 부재가 사는 맛을 줄 수도 있다는 것을 발견하는 것입니다. 내가 몰두하고 싶은 것은 이런 전복입니다.

"인생은 아무런 가치가 없다, 하지만 그 무엇도 인생만큼

의 가치는 없다." 이 말은 인생에 진지한 태도를 부여하고 힘을 실어 줍니다. "세상의 공허함에 대한 강박관념, 확신 없이는 힘도 없고 진정한 인생도 없다." 부조리에 맞서, 희망 없음에 맞서 존재하는 것, 이것은 인생에 정열과 분노를 부여합니다. 희망 없이 사는 것에는 어떤 형태의 즐거움이 있습니다. 이런 즐거움이란 명민함을 수용한 데서 오는 즐거움이요, 흥분하지 않는 즐거움입니다.

우리는 흔히 더 이상 희망이 없다는 사실이 자살을 부추긴다고 말합니다. 사실 그 두 가지가 반드시 관련이 있는 것은 아닙니다. 나는 자기들에게 희망이 없다는 사실에 대해 전혀 염려하지 않고 현재의 이 순간들을 아주 잘 사는 사람들을 알고 있습니다. 반대로 나는 항상 삶이 달라질 수 있다는, 또는 달라져야 한다는 희망을 갖고 있다는 바로 그 이유 때문에 현재를 아주 못 사는 사람들도 알고 있습니다. 자살하는 사람들은 주로 이들입니다. 희망 없이 사는 것은 행복하게 사는 하나의 방법일 수도 있습니다.

자신을 내일의 희망에 맡기지 않고 사는 행위. 이것은 인생에 진지함과 즐거움뿐만 아니라 지금 이 순간의 자유를 부여합니다. 자유란 자신의 운명에 개입할 수 있다는 의식입니다. 우리의 자유는 이 운명에 높은음자리표나 낮은음자리표를 그릴 수 있는

것입니다. 우리의 자유란 우리의 인생을 노래도, 비명도, 탄식도 만들 수 있는 것입니다. 설령 연주할 곡이 미리 정해져 있다 해도.

희망이란 '실패한 다음에는 어떻게 할까?' 라는 질문에 대한 대답입니다. 자유란 '피할 수 없는 실패를 앞두고 어떻게 해야 할까?' 라는 질문에 대한 결심입니다. 자유란 한밤중의 번개요, 순수한 상태의 감동이요, 무(無)에 직면해, 무를 위해 사는 아량입니다.

결별을 위하여

자신이 먼저 결별을 선언하는 것이 결별당하는 것보다 나은지, 아니면 결별당하는 것이 결별을 선언하는 것보다 나은지에 대해서 나에게 묻지 마십시오. 그건 상황에 따라 다르기 때문입니다.

어떤 방식으로 결별이 이루어지던간에 그대는 힘들어하겠지만, 매번 똑같은 식으로 괴로워하지는 않을 것입니다.

만약 그대가 정열적이고 다정하며 더없이 충실한데, 사귀던 연인에게서 결별의 편지를 받게 된다면 아연실색하고 절망할 것입니다. 그뒤 여러 달 동안, 이해할 수 없는 것을 이해하려 애쓰

고 괴로워하면서 그대의 마음은 끔찍한 상처를 입겠지요. 어쩌면 그 상처는 영원히 치유될 수 없을지도 모릅니다.

그렇지만 그대가 잘못한 것은 하나도 없다는 확신이 그대의 상처입은 마음을 달래 줄 것입니다. 떠나간 연인으로 인해 생긴 고통은 조금씩 혐오감으로 바뀌게 될 것입니다.

혐오! 아주 심한 말이란 건 그대도 인정할 것입니다. 하지만 혐오스러운 배반자로 인해 생긴 슬픔을 지워 버리고 싶다면, 절대적으로 그대는 이 말이 사실임을 자신에게 납득시켜야 합니다.

그래요, 바로 그것입니다. '혐오감' '파렴치한 배반자' 멜로드라마에나 나오는 이 말들을 머릿속에 기억해 두고, 기회가 닿을 때마다 말로든 글로든 사용하도록 하십시오. 그대를 버린 여자에게 편지를 보낸다거나, 친구들에게 그녀에 대해 이야기를 할 때 말입니다.

글로 쓰고, 말로 얘기해야 합니다. 그건 내가 그대에게 처방하는 치료법 가운데 하나랍니다. 연인에게 질책과 욕설, 강한 항의가 섞인 편지를 보내십시오. 그대의 날카로워진 신경이 진정되고, 배신자에게는 양심의 가책을 느끼게 할 것입니다. 일석이조라고 할 수 있지요.

친구들에게 사랑의 배신자에 대해 털어놓으십시오. 마음이 아플 땐 부끄러움 같은 건 치워 버리고 그대의 심정을 토로하고

고백하십시오. 만사가 순조로울 때가 아니라 잘 안 풀릴 때 우리에게는 친구가 필요하며, 그들에게 도움을 청해야 합니다. 그러기 위해 친구가 있는 거랍니다.

블레싱턴 백작부인은 바이런에게 "좋은 가문의 사람들이 지녀야 할 신중함"을 망각했다고, 그리고 "사적인 고통을 스스럼없이 대화의 형식으로 털어놓는" 그의 습관에 대해 비난했습니다. 하지만 백작부인의 생각은 틀렸으며, 바이런이 맞았습니다.

건강이나 돈 문제, 사랑의 슬픔을 감추는 것은 위장된 고상함일 뿐만 아니라 영혼의 평등에 치명적인 잘못을 저지르는 것입니다. 그대가 간절히 구해야 할 것은 마음의 평온입니다. 말은 감정을 진정시키고, 고백은 마음의 짐을 덜어 주니 이 방법을 사용해 보십시오. 그대의 고통과 분노를 글로 쓰고, 큰 소리로 알리라는 말입니다. 말에 취해 보십시오. 혹시나 지나친 건 아닐까, 결과를 악화시키게 되는 건 아닐까 두려워하지는 마십시오. 훌륭한 배우가 되지 않고서는 절대 좋은 연인이 될 수 없습니다.

그대는 그렇게 가혹한 사람이 못 된다고요? 남아 있는 사랑의 감정 때문에 배신자에게 '혐오감'이나 '비열함'이라는 말을 던질 수 없다고 말하고 싶은가요? 그럼, 그럴 경우 그녀의 행동이 얼마나 바보 같은 짓이었나를 강조하십시오. 빠른 시일 내에 그녀가 자신의 결별 선언을 후회할 것이며, 그 때문에 피눈물을

흘릴 것이라고 그대 자신에게 납득시키십시오.

내가 "자신을 납득시키라"고 말한 것은 그대가 납득시켜야 하는 사람은 그대 자신뿐이며, 부도덕한 여자에게 비난의 편지를 보내는 것과 친구들에게 결별에 대해 털어놓는 것도 오로지 그대에게서 해로운 독을 제거하고 감당하기 힘든 고통에서 스스로를 자유롭게 해주기 위한 것, 이 모든 행동의 유일한 목적은 그대가 시련을 이겨내도록 돕기 위한 것임이 분명하기 때문입니다.

그러나 그대의 설득으로 연인이 돌아올 것이라고는 기대하지 마십시오. 내 경험을 얘기하자면, 내게서 멀어져 가는 여자의 마음을 돌리려고 시도했을 때마다, 그리고 기뻤던 순간들, 사랑의 추억들, 의기투합의 순간들을 상기시키며 그녀를 감동시키려고 노력했을 때마다 매번 나는 비참한 실패를 맛보아야 했습니다. 그대를 더 이상 사랑하지 않는 그 여인은 아무것도 듣지 않으며, 아무것도 기억하지 못합니다.

괴로운 마음에는 이성의 언어가 들어설 자리가 없습니다. 잘난 체하는 많은 철학자들이 이성의 힘에 터무니없는 신뢰를 보내지만, 나는 그 반대로 그대가 소위 말하는 이성이라는 제국의 허망한 본질을 꿰뚫어보기를 권합니다.

그대를 떠나기로 결심한 여자에게 그렇게 해서는 안 될 이유들을 늘어놓는 것은 속임수에 지나지 않습니다. 논리적인 말로 그녀를 감동시키기를 바라는 것은 거의 진 게임이나 마찬가지입니다. 그건 물이 없는 우물에 돌을 던지거나, 허공에 돌을 던지는 것과 같은 것이라고 할 수 있습니다. '풍덩' 하는 소리는 전혀 들리지 않고, 공이 튀어오르는 소리도 들을 수 없을 것입니다.

사랑하는 사람이 그대에게 돌아갈 수도 있습니다. 가끔은 결별이란 것이 일시적일 때가 있기 때문인데, 그렇지만 그건 절대 그대의 설득력 때문이 아닐 것입니다.

여자들이 가장 참기 힘들어하는 것은 바로 양심의 가책이라는 것을 기억해 두십시오. 우리 남자들이야 운명을 극복하려는 성향이 강하기 때문에, 다시 말해 과거를 직시하려고 하기 때문에 후회의 감정을 느끼는 걸 두려워하지 않습니다. 또 우리가 종교적으로 민감할 경우 느끼는 회개의 감정도 꺼리지 않습니다. 그러나 여자들이란 과거, 즉 사랑의 과거에 대해 거의 관심을 갖지 않기 때문에 지나간 일에 대한 향수 같은 감정을 거의 가지고 있지 않습니다.

여자들은 때론 서슴없이 과거를 왜곡하고 재창조하며, 심지어는 지우기까지 합니다. 한 남자를 미치도록 사랑한 후에 이내 그와 결별하고 보잘것없는 남자랑 붙어다니는 여자는 자신의 첫사랑을 잊기 위해, 잊는 척하기 위해, 그리고 그 사랑을 부인

하기 위해 무슨 짓이라도 할 수 있습니다.

한 의사 친구가 여자들의 이러한 유감스러운 행동을 생물학적으로 해석하는 걸 들은 적이 있습니다. 여자들은 아이들을 세상에 태어나게 하고 생명을 주기 때문에 새로운 사랑을 쉽게 시작할 수 있는 능력과 아름다웠던 사랑도 쉽게 잊어버리며, 그 흔적까지도 말끔히 지워 버리는 이상한 능력을 가진다는 것입니다.

물론 가능한 이야기이지만, 그건 별로 중요하지 않습니다. 인정사정없는 사랑의 전쟁에서 중요한 건 열정입니다. 그리고 설득의 말과 이성이라는 무기는 이 전쟁에서 효력이 없다는 것을 유념하십시오.

나는 나의 본래 성격과는 정반대인, 여자들의 아주 낯선 그러한 자질에 매번 새롭게 놀라며 현재의 순간을 즐기지 못하는 여자들의 무능함, 곧 지금 현재 이 순간에 최선을 다하지 못하는 그녀들의 무능함, 일어나지도 않은 일에 대한 헛된 불안으로 현재의 행복을 퇴색시켜 버리는 그녀들의 기술, 그녀들의 끊임없는 불만족, 그녀들의 무엇이라 꼬집어 말할 수 없는 애매한 욕망, 그녀들의 비현실적이고 몽상적인 보바리 부인 기질을 목격해 왔습니다.

나는 거의 40년간 나의 젊은 애인들에게 걱정하지 말라고,

쓸데없는 공상으로 생을 망치지 말라고, 그리고 "날 사랑해?" "날 속이는 건 아니지?" "영원히 내 곁을 떠나지 않겠다고 맹세해 줘!" 하는 말들로 끊임없이 사랑을 확인하려 들지 말라고 애원해 왔습니다.

여자들이 불가지론자일 경우에는 에피쿠로스의 멋진 명언 "미치광이의 삶은 매력이 없다. 그는 일어나지도 않은 미래를 걱정하며 미리 두려워한다"를 들려 주고, 유신론자일 경우에는 그리스도의 잠언을 인용했습니다. "그러므로 내일 일을 위하여 염려하지 말라. 내일 일은 내일 염려할 것이요, 한 날 괴로움은 그 날에 족하니라."(마태복음, 6장 34절) 그러나 그건 바다를 경작하겠다는 것과 마찬가지였으며, 마치 내가 그녀들에게 이해할 수 없는 언어로 말하고 있는 것 같았습니다.

내가 말하고자 하는 게 바로 그것입니다. 그대가 키케로나 보쉬에 같은 달변가라 해도 그대의 논리는 빗물이 백조의 날개 위를 타고 흘러내리듯 좋아하는 대상에게 아무 영향도 주지 못할 것입니다. 그러니까 함께한 추억들을 상기시킨다고 해서 연인이 마음을 돌릴 것이라고는 절대 생각하지 마십시오. 그건 아마도 가장 무분별한 행동이 될 테니 말입니다.

지금까지 이야기한 것을 정리해 봅시다. 만약 그대가 나무랄 데 없는 연인이었는데도 사귀던 여자가 그대를 떠나려고 한

다면 애써 붙잡으려고 하지 마십시오. 결국 그대만 지친답니다. 그녀에게 감동적인, 아니면 비난의 편지를 보내십시오. 아무 도움도 되진 않겠지만 그렇게 하는 것이 그대에게 조금이라도 위안이 된다면 말입니다.

만일 그녀를 정말로 불쾌하게 만들고 싶다면, 그녀가 쓴 연애 편지들을 복사해서 보내 보십시오. 사랑이 식은 여자가 가장 못 견뎌하는 것은 연애하던 당시 그녀가 어땠는지를 상기시켜 주는 기억들이랍니다. 그대에게 남발했던 뜨거운 사랑의 언어와 맹세들을 떠나간 그녀로 하여금 다시 읽도록 하는 것입니다. 확실한 효과를 보장합니다. 그녀는 미친 듯이 화를 낼 것입니다. 마음에 들면 한번 해보십시오. 그대의 불행한 마음에 조금이라도 즐거움을 줄 수 있다면 그걸로 된 것입니다. 그러나 과거와 대면한다고 해서 떠나간 그녀가 그대의 자리를 빼앗은 바보를 차버리고 그대의 품속으로 다시 뛰어들 거라고는 바라지 마십시오.

그녀가 그대에게로 돌아오기를 바란다면, 가장 좋은 방법은 죽는 척하는 것입니다. 그녀의 결별 결정을 확인하게 되면 사라져 버리십시오.

사랑하는 이의 목소리

사랑하는 이의 피곤한 목소리보다 더 애절한 것은 없습니다. 기진맥진한, 희박한, 핏기 없는 목소리, 세상 끝에 다다른 듯한 목소리, 차가운 물속 깊숙이 잠겨가는 목소리.

목소리는 피곤한 사람이 죽어가는 것처럼, 이제 사라지는 중입니다. 피로는 무한 그 자체입니다. 끝내는 것을 끝내지 않는 것. 이 간략하고도 짤막한, 너무도 드물어 퉁명스럽기조차 한 목소리, 이 멀고도 다정한 목소리의 거의 아무것도 아닌 것이 내게는 하나의 거대한 마개가 됩니다. 마치 외과 의사가 내 머릿속에 커다란 솜 뭉텅이를 쑤셔놓은 것처럼.

한나

옛날에 누군가를 사랑했었습니다.

옛날옛날에 그 누군가를 아프게 사랑했습니다.

그 옛날옛날에 사랑했던 우리는 헤어진 다음,

저 무성한 소문의 삶 속에서 버릇처럼

또 다른 누군가를 사랑하기도 하고, 헤어지기도 하면서

지금 이렇게 살아가고 있습니다.

언젠가의 그 아픔이, 언젠가의 그 사랑이

그저 낯설고 부끄럽지 않기만을 바랍니다.

사랑에 대한 개인적인 의견

초판발행: 2010년 8월 30일

지은이: 피에르 쌍소 外

엮은이: 한나

그림: 硯디자인

東文選
제10-64호, 78. 12. 16 등록
110-300 서울 종로구 관훈동 74번지
전화: 737-2795

ISBN 978-89-8038-668-0 03800

동문선 추천도서

이외수
《말더듬이의 산문수첩》

다가오는 겨울에는 아름답다
그대 기다린 뜻도

우리가 전생으로 돌아가는 마음 하나로
아무도 없는 한적한 길
눈을 맞으며 걸으리니

사랑한다는 말 한 마디마다
겨울이 끝나는 봄녘 햇빛이 되고
오스스 떨며 나서는 거미의 여린 실낱
맺힌 이슬이 되고
그 이슬에 비치는 민들레가 되리라.

동문선 추천도서

조병화
《공존의 이유》《사랑이 가기 전에》

깊이 사귀지 마세
작별이 잦은 우리들의 생애

가벼운 정도로 사귀세
악수가 서로 짐이 되면 작별을 하세

어려운 말로 이야기하지 않기로 하세
너만이라든지 우리들만이라든지
이것은 비밀이라든지
같은 말들은 하지 않기로 하세

내가 너를 생각하는 깊이를 보일 수가 없기 때문에
내가 나를 생각하는 깊이를 보일 수가 없기 때문에
내가 어디메쯤 간다는 것을 보일 수가 없기 때문에

동문선 추천도서

롤랑 바르트
《사랑의 단상》《작은 사건들》

내가 준다고 생각하는 것은 바로 마음이다.
그리하여 이 선물이 다시 내게로 되돌려질 때마다,
베르테르처럼 내가 원치도 않았는데
사람들이 내게 빌려준 정신을 제거하고 나면
나로부터 남는 것은 마음뿐이야라고
말하는 것만으로는 충분치 않다.

마음은 계속해서 내게 남아 있는 것이며,
이 마음속에 깊이 간직되어 있는 마음,
그것이 바로 '잊혀지지 않는' 마음이다.
스스로에 의해 채워진
썰물의 잊혀지지 않는 마음.

동문선 추천도서

알렉상드르 자르댕
《쥐비알》

고통은
'깊이를 헤아릴 수 없는 것' 이어야 하고,

만남은
'전율을 동반하는 것' 이어야 하며,

사랑은
'치유 불가능한 것' 이어야 한다.

동문선 추천도서

피에르 쌍소
《느리게 산다는 것의 의미》
《이젠 다시 유혹하지 않으련다》
《산다는 것의 의미》

내가 삶을 행운의 기회로 여기는 까닭은
매순간 살아 있는 존재로서
아침마다 햇살을,
저녁마다 어두움을 맞이하는 행복을 누리고 있기 때문이며,
세상의 만물이 탄생할 때의 그 빛을
여전히 잃지 않고 있기 때문이다.

또한 사랑하는 사람의 얼굴에 어렴풋이 떠오르는 미소나
불만스러운 표정의 시작을
금방 알아차릴 수 있기 때문이다.

동문선 추천도서

마치다 준 글 그림
《얀 이야기》(전7권)

넌 기억하고 있니
겨울의 저 혹독한 추위 속에서도
나의 강은 얼음장 밑을 묵묵히 흐르고 있다는 것을.

넌 본 적이 있니
이른 봄 눈이 녹으면서 불어난 물이
나의 강을 큰 강으로 변화시키는 것을.

넌 들은 적이 있니
여름날의 강물 소리와 그 언저리를 어지러이 날아다니는
물새들의 소리가 한데 어우러져
평온한 한때를 가져다 주는 것을.

넌 만져 본 적이 있니
가을날의 월귤 손바닥 위에 굴리다
어느덧 남은 한 알,
주머니 속에넣어두었던 것을.